Le cri des femmes afghanes

Le cri des femmes afghanes est le deux cent cinquième ouvrage
publié par les Éditions Bruno Doucey

Éditions Bruno Doucey
Cour d'Alsace-Lorraine
67, rue de Reuilly
75012 Paris
www.editions-brunodoucey.com

ISBN : 978-2-36229-425-9

Pour des raisons indépendantes de notre volonté, nous n'avons pu, malgré toutes nos recherches, retrouver certaines poétesses de cette anthologie ou leurs ayants droit. Celles et ceux qui n'ont pu être joints ni donner leur accord sont invités à nous contacter afin que ces manquements puissent être réparés.

Le cri des femmes afghanes

Anthologie établie et traduite par Leili Anvar

Préface Atiq Rahimi

Éditions Bruno Doucey

À toutes celles dont le cri n'a pas pù naître
Celles dont la voix est étouffée
Celle dont le visage est effacé

Préface

En secret je brûle, en secret je pleure,
Je suis la femme [afghane] qui ne peut dévoiler son amour (Landay)

Toi, Mnémosyne, déesse de la mémoire,
Toi, la fille du Ciel et de la Terre,
Oui, toi, aide Historia à se rappeler un 11 mars.
Rappelle-lui qu'en 2001, trois nuits après la journée mondiale de la femme, les deux enfants d'Apollon et de Bouddha, sculptés à même la montagne de Bâbâ dans les vallées de Bamyan, au cœur de l'Afghanistan, se sacrifièrent pour faire découvrir au monde une terre en ruines et un peuple en détresse. Et faire entendre à ses oreilles sourdes les cris étouffés des femmes afghanes, les premières victimes de l'armée des ténèbres – les Talibans.
Elle les a tellement vite oubliées !
Ou bien, est-elle aussi frappée par la foudre d'Amnésia ? Sinon comment a-t-elle pu encore une fois remettre le destin de ces femmes dans les mains ténébreuses de cette armée ! Des mains qui leur scellent les lèvres, les yeux et le cœur. Blâmées, interdites, elles sont encore condamnées à disparaître sous les étouffantes étoffes de nâmouss. Sans voix et sans visage, elles sont toujours dessaisies de leur corps, de leur désir, de leurs rêves… Même au tréfonds d'elles. D'où ces mots sourds dans le silence de l'é-cri-ture ! Leur destin me contraint à succomber au même syndrome que Hölderlin qui disait à tes muses :
« … à quoi bon les poètes au temps de la détresse ? »
Mais, je sais que tu me souffleras, ô déesse de la mémoire, qu'avant de sombrer dans un tel désespoir incommensurable, je dois lire ces poétesses afghanes. Elles m'apprennent qu'elles sont là justement pour me dire que je vis, en effet, au temps de la détresse !
Nommer, c'est dompter les choses !

C'est en cela que ces poèmes, si merveilleusement traduits, en décrivant les conditions humaines et en révélant le désir et le rêve de l'humanité, deviennent avant tout un cri, un acte de profération-profanation. Ces mots donnent « au cri une syntaxe », dirait Deleuze. C'est une dénonciation performative. Et même si ces cris n'éveillent pas les esprits endormis, au moins ils perturberont leur sommeil !
Oui, ces poèmes nous soufflent que les poétesses afghanes sont là, toujours debout, face aux seigneurs de l'obscurantisme qui tentent de les faire disparaître.
Elles sont là non seulement par leur audace poétique, mais aussi avec leur désir, leur passion, leur corps... Et depuis la nuit des temps.

Rappelle à Historia qu'une des premières grandes figures de la littérature persane était une princesse, Râbe'a Balkhi (xe siècle), exécutée par son frère parce qu'elle était amoureuse d'un esclave. À ce frère, elle avait osé répondre par ce vers : « Que Dieu te rende amoureux d'une personne aussi cruelle que toi/Juste pour que tu partages cette souffrance qui est mienne ». Mnémosyne, tu dois reconnaître cette voix dolente de l'au-delà du temps, et qui résonne encore et toujours dans la gorge des femmes, comme ici, dans ce livre.
Toi, mère des Muses,
toi qui as inventé les mots et le langage,
réinvente un autre monde,
d'autres mots !
Tes muses sont lasses, lasses de souffler perpétuellement à ces femmes les mêmes mots de désespoir, emplis de larmes qui s'incarnent, tel un signe de fatum, dans le nom même de leur terre natale.

Ou sinon, donne un autre sens au mot afghan !

Atiq Rahimi

1.

Entends le cri sans voix

هما آذر

فریاد

من از فضای خالی از آئینه و بهار
از اندرون کلبهٔ تاریک
بی نور و بی سرود
از شهر بی درخت
بی شادی و سرور
فریاد می کشم.

*

من از دیار بی هنران بر سَریرها
از قلب های عاشق آماج تیرها
از کوچه های سرداب
از انجمادِ دریا
از مرداب
فریاد می کشم.

*

ز آنجا که میخ ها
بر تارک بشر
کوبیده می شوند
زآنجا که خون و مغز جوانان و کودکان
از سنگفرش کوی و خیابان و رهگذر
روبیده می شوند

*

Homâ Âzar

Je crie

D'un lieu vide de miroirs, vide de printemps
D'une cabane sombre, espace clos
Vide de lumière, vide de chants
De la ville sans arbres
Vide de joie et de fêtes
Je crie

*

Du pays des incultes montés sur des trônes
Des cœurs amoureux des cibles et des flèches
Des rues froides comme des caveaux
De la glaciation de la mer
Des marais aux odeurs de mort
Je crie

*

De ce lieu là-bas
Où sur les crânes des humains
On enfonce des clous
De ce lieu où le sang et les cervelles des jeunes et des enfants
Sont balayés sur les pavés des rues, des avenues, des allées
Je crie

*

از دشنه های کینهٔ بیگانه دوستدار
از انجماد قامت مردان فراز دار
از غُرّش هراس برانگیز بمب ها
از دخمه های تیره و بی روزن
بی نور، بی هوا
فریاد می کشم.

*

زآنجا که سالهاست
تابوت نعش نهضت آزادگی
بر دوش جادوان جنون می گردد
من از گلوی زخمی مادر
من از گلوی زن
زیر فشار پنجه بیداد اهرمن
فریاد می کشم.

*

فریادهای خُفته به غمخانهٔ درون
آوای نارسا
باری
ازین فضا
وین محبس عذاب ندانم چسان رهید
گر بشنوند دوزخیان این نوایِ من
خاموش می کنند به خواری صدای من.

Du poignard rancunier des étrangers qui se disent amis
Des silhouettes figées des hommes pendus au gibet
Du vrombissement effrayant des bombes
Des abris-tombeaux sombres et sans fenêtres
Sans lumière et sans air
Je crie

*

De ce lieu, là-bas, où depuis tant d'années
Le cercueil de la liberté devenue cadavre
Circule sur les épaules des sorciers de la folie
De la gorge blessée des mères
De la gorge serrée des femmes
Étranglées par le démon de l'oppression
Je crie

*

De cet espace
Qui est prison
Souffrance
Comment se sont-ils libérés, ces cris endormis
À la secrète demeure de mon cœur
Ce chant trop vert encore ?
Si les habitants de l'enfer entendaient ma plainte
Ils réduiraient au silence ma voix déchirée.

ضیاگل سلطانی

نی لبک

به حق آینه امشب رها کنید مرا
چو شب گذشت و سحر شد صدا کنید مرا
درین کرانه که بیگانه گشته ام از خویش
دوباره، باز به خویش آشنا کنید مرا
کبود زخم سرشانه ام زمستانی است
به فصل سبز بهاری، دعا کنید مرا
نوای صبر و سکوت مرا چه می دانید
دمی به نی لبکی همنوا کنید مرا
نوشته بر پر پروانه کلک سوزش شمع
ز جمع تیره سرشتان جدا کنید مرا
جفای پرده نشینی قرار من بربود
به حق آیینه امشب رها کنید مرا

Ziâgol Soltâni

Mélodie de ma patience

Au nom du miroir, ce soir, libérez-moi
La nuit passée, l'aube venue, appelez-moi
Sur ce rivage où je me suis perdue à moi-même
À moi-même, ramenez-moi
Les bleus sur mes épaules sont les bleus de l'hiver
À la saison du vert printemps, priez pour moi
De la mélodie de ma patience et de mon silence, que savez-vous ?
Le temps d'un souffle, à la flûte associez-moi
Sur l'aile du papillon est écrite la brûlure de la chandelle
De toutes les âmes enténébrées, séparez-moi
La cruauté d'être confinée derrière un voile m'a fait perdre patience
Au nom du miroir, ce soir, libérez-moi !

زهرا حسین زاده

به چهار میخ ستم می‌کشد تو را بدنم

به چهار میخ ستم می‌کشد تو را بدنم
پرنده جان! نفست را رها کن از دهنم
دلت جدا نشد از من اسیر هم شده‌ایم
برون شو از مژه‌هایم اگر بهانه منم
پرنده جان! غم نان حل نمی‌شود بنویس
دوشنبه دوم دی ماه پسته می‌شکنم
رگان عاقلی‌ام را به تیغ‌ها بسپار
دوباره ساعت ... باید به کوه‌ها بزنم
عجب مسافر بن‌بست را خبرداری
ترک ترک شده این روزها سفال تنم
به هفت رود مقدس برو دعایم کن
گم است خانهٔ بودا میان پیرهنم
درخت رابطه‌اش با بشر اساطیری است
هزار برگ سپیدار می‌شود کفنم

Zahrâ Hossaynzâda

Oiseau de mon âme

Mon corps te cloue aux quatre clous de l'oppression
Ô toi, oiseau de mon âme !
Libère ton souffle par ma bouche !
Ton cœur ne peut me quitter :
Nous sommes l'une de l'autre prisonnières
Coule donc de mes cils, si l'obstacle, c'est moi !
Ô toi, oiseau de mon âme, la peine du pain ne se dissout pas, écris :
Aujourd'hui, lundi deux Dey, fendre la coquille dure des pistaches !
Aux lames des épées, confie les veines de ma raison
C'est à nouveau l'heure… je dois fuir dans la montagne
Tu sais, toi, l'étrange voyageuse des impasses
Tu sais comme ces jours-ci l'argile de mon corps s'est craquelée
Va et prie pour moi aux sept fleuves sacrés
La maison du Bouddha s'est perdue dans ma robe
Et l'arbre avec l'humain noue un antique lien
Et mon linceul sera fait de mille feuilles de bouleau blanc…

نفیسه ازهر

فصل یأس

یا رب، روان من ز چه با رنج خسته اند؟
پرکنده ام، نگر، پر و بالم شکسته اند
یا رب تو التماس شب تار من شنو
درهای آرزو به رخ من ببسته اند

نخل تن فسردهٔ من از جوانه ماند
آیا چه کسی صدای مرا از ترانه ماند
زان شعلهٔ صدا که قد افراخت از دلم
اینک سزاش داغ دو صد تازیانه ماند

یا رب، چرا روان من آزرده می شود؟
قلبم، در این فضای غم افسرده می شود
افگنده اند پردهٔ ظلمت بروی زن
این رنجها ز کیست که گسترده می شود؟

یا رب صدای نالهٔ این انجمن شنو
از گیرماندگان قفس، درد زن شنو
در پرده های تیرهٔ ظلمت نوا کنند
فریاد بی صدای زنی بی سخن شنو

من گرچه خامشم دل من هست بیقرار
جز بوی یأس نایدم از غنچهٔ بهار
از نقش داغ پر شده گلبرگ درد من
خون می چکد به حال من از نغمهٔ هزار

Nafissa Azhar

Saison du désespoir

Seigneur, pourquoi mon âme fut-elle ainsi blessée ?
Mes ailes sont coupées, vois comme on m'a brisée
Écoute, toi, Seigneur, cette supplication dans le cœur de ma nuit
Les portes de l'espoir sur moi se sont fermées

L'arbre de mon corps flétri n'a pas fleuri
Qui a privé ma voix de toute mélodie ?
De la flamme de ma voix élevée de mon cœur
Ne reste que la brûlure de deux cents coups de fouet dont elle fut punie

Seigneur, pourquoi cette tristesse à mon âme rivée ?
Mon cœur en cet espace se sent si opprimé
Un voile infâme et sombre est jeté sur la femme
À qui attribuer ces douleurs déployées ?

Seigneur, entends les plaintes de cette assemblée
Entends la souffrance des femmes encagées
Elles gémissent dans les noirs voiles des ténèbres
Entends le cri sans voix d'une femme au silence condamnée

Je suis muette, pourtant mon cœur tangue et chavire
Des jasmins du printemps, je ne sens que le pire[1]
Les pétales de mes plaies sont marqués au fer rouge
Le chant du rossignol tombe en pluie de sang sur ma vie.

1 Voir *Notes de la traductrice* en fin d'ouvrage, p. 208.

محبوبه ابراهیمی

از سرنوشت مجنون جگرخون نیستم دیگر

از سرنوشت مجنون جگرخون نیستم دیگر
اگر شوهر لیلی می‌شد
مجبور می‌شد دست از عاشقی بردارد
خیمه‌اش را جمع کند
به شهر برگردد
جایی، کاری دست و پا کند
تا لیلی و بچه‌ها گرسنه نمانند
اما چون مجنون، مجنون بود و زبان وحوش را بهتر از زبان آدمیان می‌فهمید
سر از کار و کسب درنمی‌آورد و اخراج می‌شد
و باز چون مجنون، مجنون بود
آرزو می‌کرد به بیابان برگردد دوباره
این‌بار
بدون لیلی
چون
لیلی، دیگر لیلی نبود
زنی خسته، غمگین و بی‌حوصله بود
که به مجنون جدیدی فکر می‌کرد
که خاطرات لیلی بودنش را تازه کند

و چون مجنون، مجنون بود
هر روز
به لیلی‌های جدیدی فکر می‌کرد
و گاهی
با یکی دو تا لیلی
قرار ملاقات می‌گذاشت

Mahbûba Ebrâhimi

Majnûn et Layli[2]

Je n'ai plus le cœur qui saigne en pensant au destin de Majnûn,
le fou d'amour
S'il s'était marié avec Layli
Il aurait été obligé de renoncer à l'amour
Ramasser sa tente dans le désert
Retourner en ville
Trouver un boulot quelque part
Pour que Layli et les enfants ne meurent pas de faim
Mais Majnûn étant majnûn-le fou et meilleur connaisseur du
langage des animaux sauvages que du langage humain
Il n'aurait rien compris aux lois du marché et aux règles du travail et
il se serait fait virer
Et puis encore, Majnûn étant majnûn-le fou
Il n'aurait eu qu'une envie : retourner au désert
Et cette fois sans Layli
Car
Layli n'aurait plus été Layli
Mais une femme fatiguée, triste et sans désir
Rêvant d'un autre Majnûn
Pour renouveler ses souvenirs d'être Layli-la femme idéale
Et Majnûn étant majnûn-le fou
Chaque jour
Il aurait rêvé à de nouvelles Layli
Et parfois même
Il aurait donné rendez-vous
À une ou deux Layli

از سرنوشت مجنون جگرخون نیستم دیگر
او هنوز
هم‌چنان
آرام و عاشق
خوابیده است

Je n'ai plus le cœur qui saigne en pensant au destin de Majnûn,
le fou d'amour
Calme et amoureux
Encore
Et toujours
Il est plongé dans le sommeil.

خالده نیازی (لهیب)

تلخ

شاعر تلخ زمان هایم
از ظرافت زنانه ام در گریز
تا از زمانی سخن بگویم
که جز لعنت و نفرین بر تبار من نیست
دستانم از لمس زیبایی تهی
دستانم از لمس زیبایی بیگانه
زنی از تبار خون و خدشه
عشق را جز در گریز و پرهیز رویاروی نه
فرصت آشنایی با خویشتنم نیست

کودکانم را جز مرهم دستی بر زخم شان نیستم
چگونه از بی خیالی در باغستان های فراغت افسانه خوانم
کودکانم جز خارستان های هجرت
جز خارستان های فرار از غربت تا غربت دیگر نمی شناسند
لالایی عشق، بغض گور نشسته در گلویم را
در چارسوی کدامین وحشت فریاد خواهم کرد...
و کدامین روز
فرصتی خواهم داشت تا از عشق و زنانگی در خود سخن بگویم
و زیبایی را در غزل به نیایش نشینم
و اکنون تا گریز دیگر
افسانه خوان خستگی و دردم

Khâleda Niyâzi (Lahib)

Amère

Je suis poétesse des temps amers
Fuyant loin de ma douceur de femme
Pour parler de ce temps qui n'est pour mon peuple
Que malédiction et damnation
Mes mains sont vides, étrangères à toute beauté
Incapables de la saisir, de la toucher
Femme d'un peuple de sang et de blessures
Je ne peux faire face à l'amour qu'en le fuyant, en renonçant
Pas le temps de faire connaissance avec moi-même

Sur les blessures de mes enfants, pas d'autre baume que ma main
Comment chanterais-je la légende insouciante des jardins
    verdoyants et sereins
Mes enfants ne savent rien d'autre que les ronces des chemins
Rien d'autre que les ronceraies de la fuite d'exil en exil
Aux quatre coins de quelle terreur hurlerais-je
La berceuse de l'amour, devenue boule dans le tombeau de ma
    gorge...
Quand pourrais-je
Parler d'amour et de la féminité enfouie en moi
Quand pourrais-je
M'asseoir en prière et dire la beauté en poèmes lyriques
Je suis aujourd'hui et jusqu'au prochain exil
La narratrice des lassitudes et des douleurs.

مستوره افغان

تا به کی

از بلای چادری هر یک سیه پوشیم ما
این همه ذلت برای جمع نسوان تا به کی

مردمان در آسمان علم و فن برخاستند
لیک ما در پرتگاه جهل غلتان تا به کی

در اروپا حق رای و کار بر زن داده اند
زحمت ما را روا دارند مردان تا به کی

غربیان آرند قدر و احترام زن بجا
لیک اینجا جنس زن بیقدر یاران تا به کی

کاش گردد باز چشم بینش مردان ما
تا بهم گویند قید زن به زندان تا به کی

تا به کی سلب است حق زن درین شهر و دیار
ما زنان مستوره، صاحب درد ونالان تا به کی

Mastoura Afghân

Jusqu'à quand?

Recouverte de l'ignoble *chadri*, chacune de nous porte le noir du deuil
Jusqu'à quand toute cette ignominie faite aux femmes?
Jusqu'à quand?
Tous les peuples se sont envolés aux cieux de la science et des arts
Et nous, nous, jusqu'à quand roulerons-nous au précipice de l'ignorance?
Jusqu'à quand?
En Europe, les femmes ont obtenu de droit de travailler et de voter
Jusqu'à quand nos hommes nous tueront-ils à la tâche?
Jusqu'à quand?
Alors que les étrangers respectent et chérissent leurs femmes
Jusqu'à quand, ici, les femmes seront des moins que rien?
Jusqu'à quand?
Si seulement s'ouvraient les yeux de nos hommes disant d'une seule voix:
Jusqu'à quand ces femmes enchaînées, prisonnières?
Jusqu'à quand?
Jusqu'à quand les droits des femmes seront-ils piétinés en ce pays
Jusqu'à quand, nous, les femmes voilées[3], serons plaintives et douloureuses
Jusqu'à quand?

بهار سعید

پرده

سیه چادر مرا پنهان ندارد
نمایِ رو مرا عریان ندارد
چو خورشیدم، زپشت پرده تابم
سیاهی ها نمی گردد نقابم
نمی سازد مرا در پرده پنهان
اگر عابد نباشد سست ایمان
تو کز شهر طریقت ها بیایی
به موی من، چرا ره گم نمایی؟!
نخواهم ناصحِ وارونه کارم
که پای ضعف « تو » ، « من » سرگذارم
کی انصافی درین حکمت ببینم
گنه از تو و من دوزخ نشینم
به جای روی من ای مصلحت ساز!
به روی ضعف نفست پرده انداز

Bahâr Sa'id

Rideau

Le voile noir ne me cache pas
Mon visage découvert ne me dénude pas
Comme le soleil, je brille derrière le rideau
Et les ténèbres ne sauraient me faire masque
Si ces pieux croyants n'avaient pas une foi faible
Ils n'auraient pas besoin de me couvrir ainsi
Toi qui viens du droit chemin des vertus
Comment perds-tu le nord en voyant mes cheveux ?
Qu'ai-je à faire d'un donneur de leçons faussaire
Pourquoi porterais-je sur MA tête le poids de TES faiblesses ?
Mais où est la justice en cette décision ?
Que toi tu sois pécheur et moi je vive en enfer !
Au lieu de voiler mon visage, ô conseiller mal venu
Jette un voile sur tes pulsions coupables !

شاه بی بی ناله

زن

هلا ای زن، تو معنای محبت
قرینِ صبر و ایثار و شجاعت
به داغ بردگی تا کی بسوزی؟
ترا تا کی بلای تیره روزی؟
ترا بی حُرمتان حُرمت ربودند
دلت را داغ حرمان ها فزودند
به نام شرع اسلام و حقیقت
ببردندت به قربانگاهِ وحشت
ز دستت شمع عرفان را ربودند
ترا تا کنج زندان ره نمودند
تویی پابستهٔ زنجیر ظلمت
حقارت می کشی هر دم، حقارت!
به قیدِ بندهای بی نوایی
کفن پوشیده ای اندر سیاهی
عجب باشد ز رهزن پاسبانی
عجب تر، گرگ در کارِ شبانی!
شده پامال با فرمان دشمن
ترا حق حیات و حق بودن!
دل پاکت ز نفرت گشته لبریز!
فغان از ظالمانِ نفرت انگیز!
به پای نازکت قید جگر سوز
به کنج خانه می نالی شب و روز

Shâh Bibi Nâla

Femme

Ô femme dont le nom même est essence de l'amour
Synonyme de patience, de don et de courage
Jusqu'à quand brûler du sceau de l'esclavage ?
Jusqu'à quand le malheur obscurcira tes jours ?
Ils t'ont déshonorée, ces hommes sans honneur
Ils ont brûlé ton cœur à tous les désespoirs
Au nom de la voie droite, de l'Islam, du Vrai
Ils t'ont traînée, victime, au gibet des terreurs
Ils t'ont menée au fond du cachot le plus noir
Retiré de ta main la flamme du savoir
Te voilà pieds liés par la chaîne des ténèbres
Toi, objet de mépris, réduite et humiliée
Te voilà recouverte d'un linceul dans ce noir
Enchaînée fermement aux rets de la misère
Étrange le brigand qui devient policier !
Et plus étrange encore, le loup soudain berger !
Voilà que l'ennemi déclare par décret
Que tu n'as plus le droit de vivre ou d'exister !
Désormais ton cœur pur est débordant de haine
Maudits soient les bourreaux qui suscitent la haine
La chaîne est bien trop lourde à tes frêles chevilles
Au creux de la maison, jour et nuit, tu gémis[4].

نادیا انجمن

عبث

نیست شوقی که زبان باز کنم از چه بخوانم
من که منفور زمانم چه بخوانم چه نخوانم

چه بگویم سخن از شهد که زَهر است به کامم
وای از مشت ستمگر که بکوبیده دهانم

نیست غمخوار مرا در همه دنیا به که نازم
چه بگریم، چه بخندم، چه بمیرم، چه بمانم

من و این کنج اسارت، غم ناکامی و حسرت
که عبث زاده ام و مُهر بباید به زبانم

دانم ای دل که بهاران بود و موسم عشرت
من پربسته چه سازم که پریدن نتوانم

گرچه دیریست خموشم نرود نغمه ز یادم
زانکه هر لحظه به نجوا سخن از دل برهانم

یاد آن روز گرامی که قفس را بشگافم
سر برون آرم ازین عزلت و مستانه بخوانم

Nâdiâ Anjuman

Afghane[5]

Aucun élan, aucun désir
    Que pourrais-je bien dire ?
Que je chante ou ne chante pas, qu'importe
    Moi, rejetée du monde, niée
Parler du sucre, pourquoi ?
    Avec le poison dans ma bouche
Les coups de l'oppresseur
    Ont mis ma bouche en sang
Personne au monde pour me consoler
    À qui me confier ?
Que je pleure, que je rie
    Que je meure ou que je reste
Me voilà au creux de cette prison
    Espoirs envolés, désirs non exaucés
Je suis née en vain, c'est vrai
    Et ma bouche doit rester scellée
Je sais, ô mon cœur qu'il existe un printemps
    Une saison pour la joie
Mais que faire ? Mes ailes sont attachées
    Et je ne peux m'envoler
Mon silence perdure, je sais
    Et pourtant, je n'oublie pas les chants
Puisque de mon cœur chaque instant
    Tant de plaintes sont exhalées
En souvenir du jour glorieux
    Où ma cage enfin brisée
Relevant la tête hors la solitude

من نه آن بید ضعیفم که زِ هَر باد بلرزم
دخت افغانم و برجاست که دایم به فغانم

Ivre, je me remettrai à chanter
Je ne suis pas le faible saule
Qui tremble à tous les vents
Je suis afghane, il est donc légitime
Que sans cesse je parle en cris[6].

مریم سپهر

برای فرخنده

بار دیگر یک قربانی
بار دیگر یک زن
چقدر باید قربانی داد برای بیداری انسانها؟
تاریخ هم قادر به شمارش این همه قربانی نیست
آیا کافی نیست؟
آیا زمان یک انقلاب فرا نرسیده؟
آه ای فرخنده...
به آتش کشیدنت، خاکسترم کرد
ای آنکه چون هزاران زن لگد مال شدی زیر نام دین و مذهب

نفرین به مردانی که غیرتشان از کشتن و به آتش کشیدن یک زن بال و پر می گیرد
و باورشان در وحشی این چنین متجلی است
نفرین به شماهایی که ایستادید و چنین فاجعه ای را به تماشا نشستید
احمق هایی که به نام دفاع از کتاب خدا علیه کلام خدا بیداد میکنند
و چون درندگان بر زنی بی دفاع پنجه تیز میکنند
آدم پوچ
آدم حقیر
آدمی که اندیشه اش سیاه است
اسیر تاریکی منحوس خویش
و در بطن تاریکی متولد می‌شود و می‌میرد
کور است و خود را چراغ راه می‌داند
در قهقرای وحشت و منجلاب جهل میزید
و مهر غیرت بر پیشانی دارد
چون عنکبوت
تار می‌بافد از برای خود
دین را ابزاری می‌کند برای هر آنچه دلش بخواهد
خود جرم میکند و خود آنرا دادخواهی

Maryam Sepehr

Pour Farkhonda[7]

Encore une victime sacrificielle
Encore une fois une femme
Combien faudra-t-il de victimes pour éveiller les consciences?
Même l'histoire ne peut dénombrer tous ces sacrifices
N'est-ce pas suffisant?
Le moment n'est-il pas venu pour une révolution?
Hélas, Farkhonda...
Ce feu dont tu t'es consumée m'a réduite en cendres
Ô toi qui, comme des milliers d'autres femmes, as été piétinée
au nom de la religion

Honte à ces hommes dont l'honneur prend son envol en tuant
une femme, la brûlant vive
Et dont les croyances se reflètent dans cette terreur sans nom
Et soyez maudits, vous qui êtes restés immobiles, à regarder
sans rien faire le spectacle de cette tragédie
Imbéciles qui, au nom de la défense du Livre de Dieu, trahissent
la Parole de Dieu
Qui comme des prédateurs fondent toutes griffes dehors sur
une femme sans défense
Humanoïde vide
Vil
Aux pensées noires
Prisonnier de ses propres maudites ténèbres
Né au cœur des ténèbres pour y mourir
Aveugle qui se croit flambeau sur le chemin
Il vit au fin fond de la terreur et dans la fange de l'ignorance

و اجرای عدالت مینامدش
با تمام حقارت و نابیناییش در کرسی خدایی و قضاوت می نشیند
با نام خدا می‌کشد و می‌سوزاند
و به سان کرم در پیله ی تعصب خویش خواهد مرد
کرم از خراب کردن میوه های باغ تغذیه میکند
درخت می‌پوسد و آهسته آهسته کل باغ ...
باغ دارد از دست میرود و باغبان در خواب است
کسی فریاد باغ را نمیشنود؟

Avec le sceau de son prétendu honneur sur le front
Comme une araignée
Il tisse sa propre toile
Il fait de la religion un moyen pour arriver à ses fins
Il commet lui-même les crimes, s'érige en juge lui-même
Et il appelle cela la justice
Bien qu'aveugle et misérable, il siège sur le trône de la justice
 souveraine
Au nom du Dieu souverain, il tue, il brûle
Comme un vers rampant, il mourra dans le cocon putride
 de son fanatisme
Les vers se nourrissent de la destruction des fruits du jardin
… L'arbre pourrit de l'intérieur et lentement, lentement, tout
 le jardin
Nous sommes en train de perdre le jardin et le jardinier dort
Personne n'entend donc le hurlement du jardin?

شایسته وحدت

انتظار

توگفته بودی آیم به دیدنت اما
نیامدی و بهارم درانتظار گذشت

دقیقه ها همه شد روز و روزها همه سال
دو دیده ام به رهت بود و روزگار گذشت

ترا صدا زدم از آسمان آبی رنگ
دلم به خون شد و نالید وآن شرار گذشت

وجود من همه شد چشم و ناله شد همه سوز
به جستجوی تو هر دم چه بیقرار گذشت

برفت روز و مه و سال وهفته هایم لیک
دریغ آن همه عمری که بی نگار گذشت

به انتظار توهر دم دو چشم « شایسته »
سپید گشت و بخوابید و شام تار گذشت

Châyesta Vahdat

À t'attendre

Tu m'avais dit que tu viendrais me voir mais
Tu n'es pas venu et dans l'attente, mon printemps a passé

Les minutes sont devenues jours et les jours, années
Me yeux scrutaient ton retour et le temps a passé

Je t'ai appelé dans le ciel couleur bleue
Mon cœur a gémi dans le sang et le feu est passé

Tout mon être s'est fait yeux et ma plainte s'est faite feu
À t'attendre, oh comme chaque instant dans la tourmente a passé

Ils sont passés mes jours et mes mois, mes semaines, mes années
Hélas, quel dommage que ce temps sans mon idole passé

À t'attendre, les yeux de Châyesta, ouverts dans la dignité [8]
Ont blanchi et se sont endormis tandis que la nuit en ténèbres passait

زهرا موسوی و صدا سلطانی

منم من زنم من

منم من زنم من جهانم
کز آزادی و مِهر خوانم

تو هم‌سنگرِ قهرمانم
به‌پاخیز ای هم‌جهانم

اگر چکمه‌ها بر گلویم
وگر مُشت‌ها بر دهانم

قسم بر خورشید قلبم
در این وحشت هرگز نمانم

منم من زنم من جهانم
کز آزادی و مهر خوانم

تو هم‌سنگرِ قهرمانم
به‌پاخیز ای هم‌جهانم

اگر ساختند سد و دیوار
وگر کاشتند چوبهٔ دار

Sedâ Soltâni et **Zahrâ Moussavi**

Me voici ! Je suis femme !

Sur un chant patriotique afghan

Me voici
Je suis moi
Je suis femme
Je suis monde
Je chante la liberté
Je chante la tendresse !
Et toi, je t'en conjure
Toi aussi,
Mon héros, ô toi, ma barricade
Soulève-toi
Toi qui habites ce monde
Le même que le mien !

Même la gorge écrasée sous le joug de leurs bottes
Même la bouche en sang sous les coups de leurs poings
Je le jure
Par le soleil de mon cœur, je le jure
Je ne resterai pas dans ces noires ténèbres
Jamais, jamais !

Me voici
Je suis moi
Je suis femme
Je suis monde
Je chante la liberté
Je chante la tendresse !

من اِستاده و استوارم
زِ ظلمت هراسی ندارم

منم من زنم من جهانم
سرودِ سحر بر لبانم

به خورشیدِ آینده سوگند
به عهدی که بستم بمانم

Et toi, je t'en conjure
Toi aussi
Mon héros, ô toi, ma barricade
Soulève-toi
Toi qui habites ce monde
Le même que le mien !

Ils ont construit des murs, érigé des barrages
Ils ont planté bien haut les gibets de la mort
Mais moi je me tiens là
Debout et ferme et fière
Sans peur de leurs ténèbres

Me voici
Je suis moi
Je suis femme
Je suis monde
Et sur mes lèvres passe
Le chant de l'aube blanche
Et je jure, je le jure
Sur le soleil levant
Le soleil qui viendra
Je resterai fidèle
Au pacte que j'ai passé
À toutes mes promesses !

2.

Étendue grise de la douleur

خالده بارش

غمنامه

غمنامهٔ بهار
تندیس سیاه کوچ
قاموس ذهن من
از نام سبز رستن و بارآوری تهیست،
زیرا،
در هر بهار،
جای گیاه،
نیزهٔ ستیز
سر می کشد،
گلوی کسی،
پاره می کند.

Khâleda Bârech

Livre des chagrins

Livre des chagrins printaniers
Statuaire noire de l'exil
Le dictionnaire de mon esprit
Est vide des verbes « croître » et
« féconder », verbes verts
Car
À chaque printemps
Au lieu de plantes
Voilà que pousse
La lance de la querelle
Et elle tranche
Une gorge.

ساجده میلاد

حجم خاکستری درد

چه کسی می داند
غصّهٔ شب پره را
وقت کوچیدن شب
آه ای سار غربت
چه کسی می داند
وسعت درد ترا
وقتی از شاخهٔ باران زدهٔ پاییزی
چوچه هایت به زمین می افتد

*

... و خدا می داند که به هنگام غروب
چه غمی می ساید
جگرعشق پیچان ها را
وقتی از چشمهٔ روز آب غربت جاریست
وقتی پاییز ز ره می آید

آه ای آیینه
چه کسی حجم خاکستریِ درد مرا می داند
وقتی در وسعتِ یک تنهایی
(دوست)
بر خاطر من می گذرد.

Sâjeda Milâd

Étendue grise de la douleur

Qui peut savoir
Le chagrin du papillon de nuit
Lorsque la nuit se retire
Et toi, hélas, grive des exils
Qui peut savoir
L'ampleur de ta douleur
Lorsque tes poussins tombent à terre
Du haut des branches automnales, gorgées de pluie

*

… Et Dieu sait quelle souffrance
Lamine à l'heure du crépuscule
Le cœur de la vigne vierge
Lorsque de la source des jours, s'écoule l'eau de l'exil
Lorsqu'arrive l'automne

Ô miroir
Qui saura, hélas !
L'étendue grise de ma douleur
Lorsque dans l'ampleur d'une solitude
L'ami
Passe dans ma mémoire.

فوزیه رهگذر

او می کشد

او رزمندهٔ بیهوده کشتن هاست
او مبتلاست
به آتش
به خون
به مرگ
او نوازش نمی شناسد
او فقط مرگ و مردن را می داند

او رزمندهٔ گمراهی هاست
که روی تخته سنگ شب
می نشید و تنها به کشتن می اندیشد

او از یادهای خون آلود
به وجد می آید
او مبتلاست
به چرس و بنگ و تریاک
او مضطرب نیست
ولی تهی است
از خودش تهی است
از نور تهی است

او از بوی خون به وجد می آید
شاید او یک دعای بد است
او اشک ندارد
اندوه مردن را نمی داند

Fowzia Rahgozar

Il tue

Il est le guerrier des tueries inutiles
Il est drogué
De feu
De sang
De mort
Il ne sait pas les caresses
Il ne connaît que la mort : à donner, à subir

Il est le guerrier des déviances
Assis sur le rocher de la nuit
Il ne songe qu'à tuer

Il jouit
De ses souvenirs ensanglantés
Il est drogué
Au haschisch, à l'opium, la jusquiame
Il n'est pas anxieux
Mais il est vide
Vide de lui-même
Vide de lumière

Il jouit
De l'odeur du sang
Il est peut-être une mauvaise prière
Il est sans larmes
Il ne sait pas le chagrin de mourir

او از انتقام به وجد می آید
روی تخته سنگ شب می نشیند
و از سیاهی به شور می آید

او مدال افتخار ندارد
دل داغدار هم ندارد
او ایمان ندارد
ولی تکبیر می گوید
مثل بوم کور
سرگردان تخته سنگ های شب است

Il jouit
De la vengeance
Assis sur le rocher de la nuit
Il s'enchante des ténèbres

Il ne porte pas la gloire d'une médaille
Il n'a pas non plus le cœur marqué au fer rouge
Il n'a pas de foi
Et pourtant il proclame la grandeur de Dieu
Comme une chouette aveugle
Il erre parmi les rochers de la nuit.

کودک جنگ

چشمهایت نگرانند و دلت
تِک وتِک می کوبد
مثل گنجشگک سرما زده ای
زیر دیوار فروریختهٔ خا نهٔ بی پنجره ات می لرزی
کاش می شد
تن سرما زده و لاغر و لرزان ترا
گرم کنم
مثل آن قصهٔ شیرین یکی بود و نبود
روی خاکستر ویران شدهٔ ایوانت
سفره ای پهن کنم

Enfant de la guerre

Tes yeux sont inquiets
Et ton cœur bat et bat encore, si fort
Comme un petit moineau frappé par le froid
Sous le mur effondré de ta maison sans fenêtres, tu trembles
Ah si seulement je pouvais
Réchauffer
Ton corps glacé, maigre et tremblant
Si seulement, comme dans le doux conte d'*il était une fois*
Je pouvais, sur les ruines de ta maison en cendres
Étendre une nappe.

راحله یار

ترانه اطفال

ما چون کبوتران به سر ره نشسته ایم
در انتظار صلح پرو بال بسته ایم
از جنگ خسته ایم
از جنگ خسته ایم

از جنگ خسته ایم
از جنگ خسته ایم

جنگ آشیان و مأمن ما را خراب کرد
چشم هزار همچو منی را پر آب کرد
ویرانه کرد گلشن و باغ و بهار ما
مارا اسیر وادیِ وهمِ سراب کرد

ما چون کبوتران به سر ره نشسته ایم
در انتظار صلح پرو بال بسته ایم
ازجنگ خسته ایم
ازجنگ خسته ایم

از جنگ خسته ایم
از جنگ خسته ایم
از جنگ خسته ایم
از جنگ خسته ایم

رحمی به ناله های من و بیقراری ام
لطفی به قصه های غم و دل فگاری ام
بر طفلکان میهن آتش گرفته ام
بر ناامیدواری و چشم انتظاری ام
ما چون کبوتران به سر ره نشسته ایم
در انتظار صلح پر و بال بسته ایم
ازجنگ خسته ایم
ازجنگ خسته ایم

از جنگ خسته ایم
از جنگ خسته ایم

Râhela Yâr

La comptine des enfants

Nous sommes comme les colombes
posées le long des routes
Nous sommes las de la guerre
En attendant la paix, nos ailes
refermées
Nous sommes las de la guerre
Nous sommes las de la guerre
Nous sommes las de la guerre

La guerre qui a détruit nos nids et
nos abris
Qui a rempli mes yeux comme des
milliers d'autres de larmes infinies
Qui a réduit en ruines nos jardins
et nos fleurs, notre printemps aussi
Nous livrant, prisonniers, à la terre
des mirages
Nous sommes las de la guerre
Nous sommes las de la guerre

Nous sommes comme les colombes
posées le long des routes
Nous sommes las de la guerre
En attendant la paix, nos ailes
refermées
Nous sommes las de la guerre
Nous sommes las de la guerre
Nous sommes las de la guerre

Un peu de compassion pour ma
plainte, mon angoisse

ما برگ زرد شاخه بشکسته قامتیم
درزیر بار حادثه غرق ملامتیم
هرجا روم ز طعنه دل کوچکم تپد
آزرده زین قوانین و« عدل وعدالتیم »

ازجنگ خسته ایم
ازجنگ خسته ایم

Un regard de tendresse pour mes
récits blessés et mon cœur ulcéré
Pour ces enfants, petits de notre
mère patrie embrasée par le feu
Et pour mon désespoir, pour
l'attente sans fin et jamais assouvie
Nous sommes comme les colombes
posées le long des routes
En attendant la paix, nos ailes
refermées
Nous sommes las de la guerre
Nous sommes las de la guerre

Nous sommes les feuilles jaunies
sur les branches brisées
Sous le poids des malheurs, nous,
culpabilisés
Entends battre mon cœur, mon petit
cœur d'enfant méprisé et honni
Blessé par tant de lois qui se parent
d'*équité* et parlent de *justice*

Nous sommes las de la guerre
Nous sommes las de la guerre.

Nous sommes las de la guerre

Nous sommes las de la guerre

شاکله عزیززاده

اسطوره قابیل

هم سرنوشت من
حماسۀ دستانی ست
کز بوده تا هنوز
خون پاره های تجربه هایش را
بر خاک می سپارد.

هم سرنوشت من
اسطورۀ قابیل است
در قطعه های قامتِ همزاد ِ هر جسد
که تکرار می شود.

هم سرنوشت من
تصویرِ انحنای عطوفت
در متنِ شیون است.
هم سرنوشت من
چکامه های لکنتِ نفس
بر چوبه های دار است.
هم سرنوشت من
هر روز،
در هر خمِ هر کوچۀ
وجدانِ خواب رفته ی تاریخ
اعدام می شود.

Chakilâ 'Aziz-zâda

Le mythe de Caïn

J'ai destin commun
avec le chant du héros épique
qui depuis la
nuit des temps
confie les éclats de sang de son histoire
à la terre.

J'ai destin commun
Avec le mythe de Caïn
Dans les lambeaux de chair de chaque cadavre, chair de nos chairs
qui se réitèrent.

J'ai destin commun
Avec les images qui cousent les courbes de tendresse
au texte des cris et des pleurs.

J'ai destin commun
avec les bégaiements, ultimes poèmes
pendus aux gibets du malheur.

J'ai destin commun
avec qui chaque jour,
dans la conscience endormie de l'histoire
aux ruelles tortueuses
est mis à mort.

زرغونه عبیدی

نعرهٔ سکوت

برای ماندن باید نفس کشید،
در هوای مسموم،
در هوای خون آلود،
و برای دوست داشتن،
باید رنج برد و اشک ریخت،
در شبی پرستاره،
ناله ای سینهٔ آسمان را می درد،
سقفی فرو می ریزد،
فریادی در گلو خفه می شود،
و آروزها –
همراه با قطره های سرخ خون،
سیاه می شوند و می خشکند،
انسانی می میرد،
و نعرهٔ سکوت به اوج می رسد.

Zarghûna 'Obeydi

Le hurlement du silence

Pour rester, il faut respirer
Un air empoisonné
Un air ensanglanté
Et pour aimer
Il faut souffrir et pleurer.
En une nuit remplie d'étoiles
Une plainte déchire la poitrine du ciel
Un toit s'écroule
Un cri s'étouffe dans une gorge
Et les espoirs –
En même temps que les gouttes de sang rouge
Noircissent et se dessèchent
Un humain meurt
Et le hurlement du silence atteint les sommets.

کریمه شبرنگ

از هر چی خاموشی ...

از هر چی خاموشی ست، می ترسم
از خاموشی شبانه کوچه ها
وقتی می فهمم
فردا وحشت می زاید
و آدم ها با گردن های دو کله
و دست های درازی که
تا ته زندگی همه
تا ویرانی باور من می رسد
از خاموشی کودکی در گهواره می ترسم
وقتی هر صبح چشم می گشاید
تفنگی روی دیوار صبح بخیرش می گوید جای پدر
و چند سالی بعد
جمع و ضرب را از زبان مرمی یاد می گیرد
و تفریق را از جای خالی همصنفانش
که دیشب جسد شدند
از خیره شدن به ریش بلند مرد ها میترسم
وقتی میفهمم
فلسفه هر تارش دارهای دسته جمعی ست
از هر چی خاموشی ست می ترسم
از خاموشی خدا هم
که دست هیچ کودک یتیمی به گریبانش نمی رسد.

Karima Chabrang

De tout ce qui se tait...

De tout ce qui se tait, de tout ce qui s'éteint, j'ai peur
Du silence nocturne des ruelles sombres
Lorsque je comprends
Que demain fera naître de nouvelles terreurs
Et des humains à deux têtes
Et aux bras si longs
Qu'ils peuvent atteindre le tréfonds de chaque vie
Atteindre jusqu'aux ruines de mes croyances
Du silence du nouveau-né dans son berceau, j'ai peur
Lorsque chaque matin en ouvrant les yeux
À la place de son père, il voit un fusil accroché au mur qui lui dit
bonjour
À l'idée que quelques années plus tard
Il apprendra les additions et les multiplications dans la langue
des balles
Et la soustraction en voyant la place vide de ses camarades de classe
Devenus cadavres dans la nuit
Des longues barbes hypnotiques des hommes, j'ai peur
Lorsque je comprends
Qu'elles trament les cordes des pendaisons collectives
De tout ce qui se tait, de tout ce qui s'éteint, j'ai peur
Du silence de Dieu aussi
Dieu, absolument inaccessible aux petites mains suppliantes
des orphelins.

خالده نیازی (لهیب)

شهر شور

شهر دود و شهر آتش شهر عور
شهر آدمهای از هم دورِ دور
شهر لال و شهر گیج و شهر گنگ
شهر سرگردانی و سرسام و زور
شهر فانوسان سر بر خاکدان
شهر ظلمت شهر وحشت شهر چور
شهر مهراب دعایش واژگون
شهر روزنهای بسته شهر کور
شهر منهای چو من تاریک و طرد
شهر از خورشید فرسخها بدور
شهر نبض هستی اش در احتضار
شهر تا اقصای دیدن گور و گور
بامیان و کابل و هرات و بلخ
شهر ویرانی، چه غزنی و چه غور

Khâleda Niyâzi (Lahib)

Ville tumulte

Ville de de feu, ville de fumée, ville dénudée
Ville aux habitants séparés, si éloignés
Ville muette, ville vertige, ville hébétée
Ville d'errance et de délires, ville forcenée
Ville des lanternes échouées sur la poussière
Ville ténèbres, ville terreur, ville pillée
Ville aux prières à l'envers, désorientées[9]
Ville aux lucarnes fermées, aveugle et aveuglée
Ville des « moi » tous comme moi sombres et bannis
Ville à mille lieues du soleil, abandonnée
Ville dont le cœur bat au pouls de l'agonie
Ville remplie de tombeaux aussi loin que va le regard
Villes de Ghazni ou de Ghour, cité de Balkh
Bamyan, Kaboul ou Hérat, villes de ruines.

دور نزدیک

از آن دور نزدیک از آن دور دور
از آن کوچه خاک و خشم و غرور
از آن خانه هایی که بر باد رفت
از آن جویباران گشته تنور
از آن چاوشان خموشی و سوگ
از آن گورزادان زنده به گور
از آن نیم بندان با اسم و رسم
ز دزدان سر راه شعر و شعور
من از آن جماعت دگر خسته ام
ندارم سر آشتی و خطور
به جایی که هرگز مرا جا نبود
به آن دور نزدیک به آن دور دور

Le lointain proche

De ce lointain proche, si loin, si loin
Des ruelles de terre, de rage, d'orgueil
Des maisons emportées par le vent
Des ruisseaux devenus brasier
Des messagers du silence et du deuil
Des morts vivants enterrés vifs
Des demi-arriérés couverts d'honneurs
Des voleurs de grand chemin
Pilleurs de poésie et de raison
De tout cela, je suis lasse
Je suis lasse sans détour
Sans retour vers ce lieu qui jamais ne fut mien
Ce lointain proche, si loin, si loin.

لیلا صراحت روشنی

شب

ز شام شهر تباهم ستاره دزدیدند
ستاره های مرا آشکاره دزدیدند
چه فوج فوج ملخ را به باغ ره دادند
کلید باغ به دست شب سیه دادند
شبی که هر رگ جانش به تشنگی پیوست
شبی که روزنه های ستاره اش را بست
شبی که شعله اش ار بود برق خنجر بود
شبی که جام سکوتش شکسته باور بود
شبی که خیل ملخ راه بر بهار زدند
پرنده را به درختان خسته دار زدند
و سبزه ها ز سموم سیاه پژمردند
و نغمه ها به گلوی پرنده ها مردند
شبی که گر سحرش بود سخت خونین بود
جبین باور خورشید تلخ و پرچین بود
فلق به شهر من آتش به دوش رخ بنمود
که شعله هاش درختان سبز شهرم بود

*

چه دزدها که دلیرانه و چراغ به کف
سوار اسب جنون و کلید باغ به کف
ز شام شهر سیاهم ستاره دزدیدند
تبسم سحرش آشکارا دزدیدند

Laylâ Serâhat Rowchani

Nuit

À la nuit de ma ville détruite, on a volé les étoiles
Au vu et au su de tous, on m'a volé mes étoiles
On a laissé entrer des hordes de sauterelles dans le jardin
Et confié les clés à la nuit noire
Nuit dont chaque veine de vie a fini dans la soif
Nuit qui a fermé ses lucarnes aux étoiles
Nuit dont la flamme, si elle fut, ne fut qu'éclair d'une lame
Nuit dont la coupe de silence s'est brisée d'incroyance
Nuit où les sauterelles coupèrent la route au printemps, par milliers
Où les oiseaux furent pendus aux arbres hébétés
Où l'herbe mourut des noirs poisons répandus
Où les chants s'étranglèrent dans les gorges des oiseaux
Nuit dont l'aube, si aube il y eut, fut bien sanglante
Aube dont le soleil montrait un front amer et flétri
L'aurore se leva sur ma ville, la face chargée de feu
Feu dont les flammes dévorèrent les arbres verts de ma ville

*

Que de voleurs audacieux qui, une lanterne à la main
Montés sur les chevaux de la folie, les clés du jardin à l'autre main
Volèrent les étoiles à la nuit de ma ville noire
Au vu et au su de tous, lui volèrent le sourire de l'aurore.

نادیا فضل

لهیب آتش

پدر! ملال دلت را ز دور می شنوم
شکسته قامت و لرزنده دستهایت را
هزار بار بود مرگ بهتر از اینم
که غمگنانه چنین بشنوم صدایت را

پدر! ز خاک تو فریاد صد هزاران را
و داستان غم انگیز شهرِ ویران را
من از دیار تو از کوچه های خاطره هام
به درد می شنوم قصهٔ اسیران را

ز روستای به آتش کشیده می شنوم
ز باغ های به آتش نشستهٔ خاموش
ز کشتزار به تاراج رفته از وحشت
ز شهر مرده که آتش نشاند در آغوش

میان خانهٔ ویران شهر سوخته ام
فتاده قامت پاکی به خون وخاکستر
فغان وناله کنان، کودک گرسنه و زار
درون کلبه صدا می کند « چرا مادر؟ »

پدر! مگو که من آرام بوده ام اینجا
تهی زقصهٔ شهر منست خانهٔ من
تمام هستی من زان جایگاه تو است
تویی و مامِ وطن عشق جادوانهٔ من

پدر! ملال دلت را ز دور می بینم
شکسته قامت و لرزنده دستهایت را

Nâdia Fazl

Flammes du feu

Père, j'entends de loin le chagrin de ton cœur
Ta stature brisée, tes mains tremblantes
Je préfère mille fois la mort à cette écoute
Déchirante de ta voix

Ô père ! De ta terre, j'entends le cri de milliers d'autres
Et le récit déchiré de la ville en ruines
De ton pays et des ruelles de mon souvenir
J'entends dans la douleur le récit des prisonniers

J'entends les villages brûlés
Les jardins calcinés dans le silence
Les champs détruits par la terreur
Les villes mortes de l'étreinte du feu

Au centre de ma maison détruite dans ma ville brûlée
Une silhouette pure repose dans le sang et la cendre
Criant et gémissant, l'enfant affamé et hagard
Demande à sa mère au cœur de la cahute : « Pourquoi ? »

Père ! Ne me dis pas qu'ici j'ai connu la paix
Ma maison est vide de l'histoire de ma ville
Tout mon être est plein du lieu où tu te trouves, là-bas
Vous êtes, toi et la mère patrie, mes amours éternelles

Ô père, je vois de loin le chagrin de ton cœur
Ta stature brisée, tes mains tremblantes

هزار بار بود مرگ بهتر از اینم
که غمگنانه چنین بشنوم صدایت را

ملال قلب تو سوزد دل حزین مرا
شکسته قلب مرا قامت شکستهٔ تو

به هرطرف نگرم چهرهٔ مقدس تست
نگاه میکنم آن چشمهای خستهٔ تو

Je préfère mille fois la mort à cette écoute
Déchirante de ta voix

Le chagrin de ton âme brûle mon cœur en larmes
Ta stature brisée aura brisé mon âme
Où que je regarde, je vois ton visage béni
Et je contemple dans tes yeux, ta lassitude.

3.

Ô mon pays toujours en moi

هما آذر

جهان می سوزد

تا عشق تو در دلم نهان می سوزد
جانم ز غمت شراره سان می سوزد
ای کشورم ای همیشه در خاطر من
از هجر توام روح و روان می سوزد
هر گاه به یادت غزل آغاز کنم
از یاد تو خامه و زبان می سوزد
زان شعله که دشمنت به جان افکنده است
بر پیکر ما تاب و توان می سوزد
پائیز فشرده ایم و گویی با ما
در خانهٔ فصل ها زمان می سوزد
دور از تو در انجماد الفت محصور
جان با تو در آتش روان می سوزد
ما خیل پرندگان هجرت تا چند
نظّاره کنیم کآشیان می سوزد؟

Homâ Âzar

Le monde brûle

Tant que ton amour en secret brûle dans mon cœur
Mon âme en ton chagrin telle une flamme brûle
Ô mon pays, toujours en moi comme souvenir
Loin de toi, c'est mon âme et mon être qui brûlent
Chaque fois que je commence un poème en ton nom
À ton souvenir, c'est la plume et la langue qui brûlent
De ce feu qu'en toi l'ennemi alluma
Tout notre corps et nos forces vives brûlent
Nous sommes un automne rabougri et on dirait
Que dans la maison des saisons, c'est le temps qui brûle
Loin de toi, prisonniers du gel des intimes douceurs
Dans le feu des pensées, la vie même brûle
Jusqu'à quand regarder cette volée d'oiseaux exilés
Nous, oiseaux dont le nid est en train de brûler?

ماهرخ نیاز

نفرین

آتش گرفته میهنم از حرص و آز تو
نفرین به فکر کوته و ریش دراز تو
جنگ دوساله را به دو دهه کشانده ای
جاسوس غیری آگهم از کنه راز تو
توشیربیشه نیستی و غازی و شهید
موش کثیف حفره ای، بیجاست ناز تو
ای بی حیا، به پول، وطن را فروختی
نفرین به نغمهٔ تو لعنت به ساز تو
اسلام شد بهانه ات ای نوکر عدو
سالوس را بدون وضو شد نماز تو

Mâhrokh Niyâz

Malédiction

Mon pays se consume dans le feu de ta cupidité
Maudites soient ta pensée si courte et ta barbe si longue
Tu as étendu à vingt ans une guerre de deux ans
Toi agent des étrangers, toi dont je sais le secret
Toi ni lion des plaines, ni noble guerrier, ni martyr
Mais seulement rat d'égout impur et prétentieux
Sans vergogne et sans honte, tu as vendu le pays pour de l'argent
Maudit soit ton chant, maudits tes instruments
Toi qui as fait de l'Islam ton prétexte, toi le suppôt de nos ennemis
Toi dont l'hypocrisie est la prière sans ablution.

رابعه بلخی

بهار بلخ

ز بس گل که در باغ مأوا گرفت
چمن رنگ ارژنگ مانا گرفت
صبا نافهٔ مشک تبت نداشت
جهان بوی مشک از چه معنا گرفت
مگر چشم مجنون به ابر اندر است
که گل رنگ رخسار لیلی گرفت
به مِی ماند اندر عقیقش قدح
سرشکی که در لاله مأوا گرفت
قدح گیر چندی و دنیا مگیر
که بدبخت شد آنکه دنیا گرفت
سر نرگس تازه از زر و سیم
نشان سر تاج کسری گرفت
چو رهبان شد اندر لباس کبود
بنفشه مگر دین ترسا گرفت

Râbe‘a Balkhi

Le printemps de Balkh

Fleurs à foison établies au jardin
Multicolorent l'herbe en magie bigarrée [10]
Le zéphyr n'était pas gazelle du Tibet
Pourquoi alors le monde s'en trouva embaumé [11] ?
Les yeux de Majnûn sont-ils cachés dans les nuages
Que les fleurs ont pris la couleur des joues de Layli [12], l'aimée
La larme qui se colore dans la coupe des tulipes
A la couleur du vin dans sa robe rosée
Prends donc la coupe et ne t'attache pas à ce monde
Malheureux celui qui ici-bas, reste attaché
D'argent et d'or, la tête du narcisse à peine éclos
Prend des allures de tête couronnée
Dans sa robe sombre, la violette est monacale
Serait-ce la religion du Christ qu'elle a adoptée ?

فائقه جواد مهاجر

ای باد

ای باد! با نگاه من از خشک و تر نگو
از باغ های سبز جهان، از سفر نگو

از مرغکان چهچه زن در رسای گل
جائیکه مرده در دل گلها شرر، نگو

با باشه های بسته به جادوی کوهسار
از ترک آشیانه به افسون پر نگو

این تیره شام کهنه به تقدیرمان رسید
از آفتاب جلوه نمای سحر نگو...

جغرافیای شهر خوشی های ناب را
با کودکان در همه سو دربدر نگو

رؤیای مست زنده شدن در بهار را
با نونهال کشته به ضرب تبر نگو

با دختران گیس پریشان کابلی
از تاج های قرمز گل روی سرنگو

Fâ'eqa Javâd Mohâjer

Ô vent!

Ô vent, ne dis rien à mes yeux du malheur et du bonheur
Ne dis rien
Des jardins verdoyants du monde et des voyages

Là où au cœur des fleurs est morte la ferveur
Ne dis rien
Des oiseaux dont les stridulations chantent les roses

Aux éperviers ensorcelés par le pouvoir des cimes
Ne dis rien
Ne parle pas de quitter le nid par la magie des ailes

Cette nuit noire ancestrale est notre lot
Ne dis rien
Du soleil radieux de l'aube, ne dis rien

Aux enfants errant de porte en porte
Ne dis rien
De la géographie des villes de la joie pure

À l'arbrisseau tombé sous les coups de la hache
Ne dis rien
Du rêve enivrant de ressusciter au printemps

Aux filles de Kaboul avec leurs cheveux aux quatre vents
Ne dis rien
Des couronnes de fleurs rouges posées sur des fronts purs

با مردهای بی سر این نسل بی نشان
از دختران می زدهٔ عشوه گر نگو

ای باد! اگرچه شیشه شعرم شکسته است
از سنگ های حادثه با شیشه گر نگو

از این حضور نازک امید و انتظار
با روزگار سنگدل بی هنر نگو

بسیار گفته ای و ازین بیشتر نگو
از قصه های آبی دریا دگر نگو...

Aux hommes écervelés de cette génération sans repère
Ne dis rien
Des filles enivrées et séduisantes

Ô vent ! Bien que le flacon de mes vers soit brisé
Ne dis rien
Des pierres du malheur au marchand de verre

Au destin sans foi ni loi, au cœur de pierre
Ne dis rien
De cette présence ténue de l'espoir et de l'attente

Tu as dit tant de choses, n'en dis pas plus
Ne dis plus rien
Des contes bleus de la mer.

بیا ... بهار

از راه دشت های پر ازگل بیا ... بهار!
با خاطرات کهنه به کابل بیا، بهار
شهرزادگان شهر مرا یاد دار و باز
با دخترانِ خم زده کاکل بیا بهار
بر روی قبرهای چه بسیارمان بریز
با عطر زندگی به تجمل بیا بهار
یا نوبهار!
گرچه بهارم به باد رفت
اما ، پس از تمام تطاول ...
بیا ... بهار!

Printemps

Par les chemins des vallées fleuries, … viens, ô printemps
Avec tes souvenirs anciens, reviens à Kaboul, ô printemps
Souviens-toi des princes de ma ville
Et avec les filles coquettes, reviens, ô printemps
Écoule-toi sur nos tombes innombrables
Et reviens en beauté avec le parfum de la vie, ô printemps
Printemps nouveau
Printemps du renouveau
                    Mon printemps à moi, au vent s'en est allé
Mais après toutes ces tourmentes
                    Reviens, ô printemps !

پروین پژواک

رستاخیز

دل شب دردیده گشت
آفتاب نیمه شب طلوع کرد
رنگ ماه پریده گشت
کوه و دریا به هم آمد
گورها گشوده گشت
و سیلی جوان
چون خیل زنبور که به کندوی عسل
به دل مادر روانه گشت.
...
پسرم، آه پسرم کجا بودی؟
مادر، در پای هندوکش غلتیده بودم
...
و سنگی لاجوردین سایه ام بود.
پسرم تو...؟
مادر در دشتی سوزان افتیده بودم
و کبکی از زخم ترم ترانه می خواند.
پسرم، تاج سرم کجا بودی؟
در دل دریای پنجشیر
ماهی گک شوخ هر روز از میان دو حفره چشمم می گذشت
و دلم صدف مرواریدی بود.
پسرم هیچ خبری از تو نبود

مادر، چون دل سوختهٔ تو من سراپا سوختم
جنگلی با من سوخت
و باد خاکستر ما به کجا برد...
چه میدانم!
پسرم کجا شدی تو؟

Parvin Pejvâk

Résurrection

Déchiré le cœur de la nuit
Levé le soleil de minuit
Blême la lune
Unies la mer et la montagne
Ouvertes les tombes
Au cœur de la mère, une crue neuve
Comme un essaim d'abeilles à l'assaut de la ruche.
...
Mon fils, ô mon fils, où étais-tu ?
Mère, j'avais roulé au pied de l'Hindou-Kouch
...
Et une pierre de lapis-lazuli me faisait de l'ombre
Toi, mon fils... ?
Mère, nous étions tombés dans une plaine brûlante
Et une perdrix chantait ma blessure encore fraîche.
Mon fils, couronne de mon âme, où étais-tu ?
Au cœur de la rivière du Panchir
Un petit poisson farceur traversait chaque jour les trous de mes
yeux vides
Et mon cœur était la coquille d'une perle.

Mon fils, je n'avais de toi aucune nouvelle !
Mère, comme ton cœur brûlé, je me suis consumé de la tête aux pieds
Et une forêt avec moi
Et le vent a emporté nos cendres vers...
Je ne sais où !
Ô mon fils, où es-tu parti ?

در بهار گل نارنج
در بساط گل نرگس
سرو سبز شهادت را
به تماشا شدم من.

پسرم تو هنوز هم سردی، می لرزی
مادر از کوتل سالنگ می آیم
در برف غرقه بودم
و اما خوشه انگورهای آتش را در خواب می دیدم.
پسرم به من لاله آوردی؟
خون پسرِ تست مادرم!
در درهٔ خیبر
خشم خود را به عقاب های جوان
خون خود را به لاله های جهان
بخشیدم.
پسرم از کدام تپه می آیی؟
از تپهٔ شهدا
که چون آن تپه، تپه های دیگر ...
پسرم... آه... تو کجا بودی؟
نمی دانم مادر
هر تکه ام به سنگی و دیواری و درختی ...
اما اکنون سراپا برابر توام.

چشمان مادر از اشک لبریز شد
هر قطره اشکش که بر زمین ریخت
جوانه زد، شکوفه کرد، پرنده گشت
دل آویز شد.
هر خانه چراغی یافت
هر دیوار پنجره ای گشود
دنیای مرده و تار یکباره رنگ آمیز شد
رستاخیز شد.

Au printemps des fleurs d'orangers
Aux floraisons des narcisses
Je suis parti contempler le cyprès vert du martyre.
Mon fils, tu es encore froid, tu trembles
Mère, je viens du col de Kotal
J'étais enfoncé dans la neige
Mais je voyais en rêve des grappes de feu.
Mon fils, tu m'as apporté des tulipes ?
C'est le sang de ton fils, mère !
Dans la vallée de Khaybar
J'ai fait don
De ma colère aux aiglons
Et de mon sang à toutes les tulipes du monde.
De quelle colline viens-tu, mon fils ?
De la colline des martyrs
Cette colline qui comme les autres collines…

– Hélas… mon fils… où étais-tu ?
– Je ne sais pas, mère
Il y avait des lambeaux de moi sur un caillou, un mur, un arbre…
Mais maintenant, je suis entier de la tête aux pieds, face à toi.

Les larmes débordent des yeux de la mère
Chaque larme tombée à terre
Bourgeonne, fleurit, devient oiseau
Accroche-cœur
Chaque maison trouve une lampe
Chaque mur ouvre une fenêtre
Le monde mort et ténébreux soudain se fait couleurs
Résurrection

مادر از خواب پرید
دلی در خاک تپید
چرا در خواب نمردم؟
اشکی بر خاک چکید
بهار رنگ باخت
پاییز شد.

La mère se réveille brusquement
Un cœur battait la chamade dans la terre
Pourquoi ne suis-je pas morte dans mon sommeil ?
Une larme versée sur la terre
Et le printemps se décolore
Automne.

ثریا واحدی

گذار

چه گونه میگذری؟
تو ای نسیم بهار!
ز دشتهای خزان دیدهٔ دیارانم،
چه گونه میگذری؟
از آن کویر که خون عطش کشیدهٔ آن
زبانه های لهیب محبت است اکنون
چه گونه خواهی رست...؟
ز سوزناکی این پهنه های داغ امید
ز لابلای عطشهای خشک این طوفان
چه گونه میگذری...؟
تو ای طلاوت عشق
تو ای نسیم بهار
چه قلبها که برایت ترانه میگویند
چه دستها که درآویخته به دامانت
چه موج، موج تمنا که از تو برخیزد
چه گونه میگذری؟
تو ای نسیم بهار
تو ای لطیفترین شعر عاشقانهٔ من
ز شهر آتش و خون و ز سر زمین گناه
چه گونه خواهی رست...؟
چه گونه میگذری...

Sorayâ Vâhedi

Comment passeras-tu?

Comment passeras-tu?
Ô toi, brise du printemps?
Par les plaines de mon pays, frappées d'automne
Comment passeras-tu?
Par le désert dont le sang assoiffé
Est désormais flammes du feu de la tendresse
Comment pousseras-tu, comment?
Par les brûlantes étendues de l'espoir marqué au fer rouge
Par les méandres des soifs asséchées de cette tourmente
Comment passeras-tu?
Toi, éclat de l'amour
Toi, brise du printemps
Combien de cœurs, sais-tu
Qui te chantent en secret?
Combien de mains, accrochées à ta robe?
Que de vagues, vagues suppliantes se lèvent de toi
Comment passeras-tu?
Toi, ô brise de printemps
Toi, la plus infiniment douce de mes chansons d'amour
Par la ville du feu et du sang, par la terre du péché
Comment pousseras-tu?
Comment passeras-tu?
Comment?

فروغ کریمی

آیا؟

آیا او این را خواهد دانست؟
به خود خواهد گفت روزی؟
آن روز که میوه های صبر را مسموم کردند
مصلوبیان آرزوها
تک تک ز سنگینی بار مرده امیدهاشان
زانو به پای تندیس نامردی خم کردند
آن روز که مردان
اجسام نحس غم ها را
درون سینه های ستبرشان
با لبخنده ای مدفون ساختند
حتی در آن روز
که به تعداد پایه های دار آرزوهایم
صفر دیگری بخشیده بودند
اشکم را به پای تو می ریختم
تا ریشه هایت نمیرند ز بی آبی
ای خشکیده ترین درخت روزگار،
ای عشق!
آیا او این را خواهد دانست؟

Forûgh Karimi

Est-ce que ?

Le saura-t-il jamais ?
Se le dira-t-il un jour ?
Ce jour où furent empoisonnés les fruits de la patience
Les crucifiés de l'espérance
Sous le poids pesant de leurs espoirs morts
S'agenouillèrent l'un après l'autre
Devant l'idole de l'inhumanité
Ce jour où les hommes
Enterrèrent dans le coffre de leur poitrine immense
Les corps maudits de leurs chagrins
Avec le sourire
Même ce jour où
On ajouta un zéro
Au nombre des gibets de mes espoirs
Même ce jour
C'est à tes pieds que je versais mes larmes
Pour que tes racines ne meurent pas faute d'eau
Ô toi, le plus desséché des arbres du temps
Amour !
Le saura-t-il jamais ?

مهتاب ساحل

کابل خونین

گیجم شبیه سرنوشت مبهمت کابل
بغضم شبیه کوه‌های محکمت کابل
بر گونه‌های سرخ من تیزاب می‌پاشند
این اشک‌های سردتر از شبنمت کابل
با انتحاری می‌زند این روزها نبضم
پوشیده‌ام شالی مگر از پرچمت کابل
خون برادر خونی دست برادرهاست
بابا تجاوز می‌کند بر مریمت کابل
فواره‌ها... خون از خیابان‌ها نمی‌خشکند
نفرین به این پریودهای پیهمت کابل
پیچیده دورادور حوا را سیه‌پوشی
این جاده‌های سوخته از آدمت کابل
عمری اگر بیرون نیایم، گریه بنویسم
چیزی مگر کم می‌شود از ماتمت کابل؟

Mahtâb Sâhel

Kaboul en sang

Mon vertige, Kaboul, est semblable à ton destin brouillé
Solide comme tes montagnes, Kaboul, la boule dans ma gorge
Sur mes joues rouges, mes larmes déversent de l'acide
Mes larmes, Kaboul, qui sont plus froides que ta rosée
Mon pouls bat aujourd'hui à un rythme mortel
Serais-je donc drapée de ton drapeau, Kaboul ?
Les mains des frères sont rouges du sang des frères
Et papa, lui, viole ta vierge Marie, Kaboul
Les jets d'eau… le sang qui ne sèche pas dans les rues
Maudites soient tes menstrues qui jamais ne cessent, Kaboul
Tous les chemins brûlés par ton Adam, Kaboul
Font des volutes noires qui s'enroulent au corps d'Ève
Si une vie durant, je ne sors pas et que j'écris mes larmes
Cela suffira-t-il à soulager ton deuil, Kaboul ?

سرخط خونین خبر های جهان، کابل

سرخط خونین خبر های جهان، کابل
قتل و فرار و گریه و آتشفشان، کابل
فریاد تلخ زخمیان مانده روی خاک
کی می رسد پیش خدا تا آسمان، کابل؟!
مانند لاش یک جوان خسته افتادی
در لای دندان های چرکین سگان، کابل
از جاده هایت دم به دم باروت و خم پاره
از ابر هایت جای باران شوکران، کابل
این روز ها را در میان مرگ و بدبختی
این روز ها را در میان دشمنان، کابل
تا کی تحمل می کنی هر روز مردن را
از خود بخواه چیزی نشد از دیگران، کابل
چون مادری هستی که از پستان خونینت
سم می چکانی بر گلوی کودکان کابل
با این همه ویرانه گی ها دوستت دارم
با من بمان! با من بمان! با من بمان! کابل!

Titres en lettres de sang

Titres en lettres de sang dans les journaux du monde, Kaboul
Meurtres, fuites, pleurs, incendies, Kaboul
Les cris amers des blessés gisant à terre
Quand atteindront-ils Dieu, dans les hauts cieux, Kaboul ?
Comme le cadavre d'un jeune blessé, tu es tombée
Entre les crocs putrides des chiens, Kaboul
Le long de tes routes, à chaque instant, obus et poudre
Et de tes nuages, la ciguë en guise de pluie, Kaboul
Comment supportes-tu ces jours de mort et de misère
Comment vis-tu submergée par tes ennemis, Kaboul
Jusqu'à quand vivras-tu ainsi en mourant
Aide-toi toi-même, n'attends rien des autres, Kaboul
Tu es comme une mère dont les seins sanglants
Versent le poison dans la gorge de tes enfants, Kaboul
Malgré toutes ces ruines, avec toutes tes ruines, je t'aime pourtant
Reste avec moi, reste avec moi, reste ! Kaboul !

چقدر گریه کنم

چقدر گریه کنم غربت ماوایم را
غم ویران شدن میهن زیبایم را
چند آمو شود اشکم که بشویم، مادر
خون جاری شده از شانهٔ بابایم را
از کدام آیینه با گریهٔ خود پاک کنم
داغ پیشانی نیلوفر و افرایم را
های دکتر همهٔ جان و تنم می سوزد
چیست درمان منی که وطنم می سوزد
سر هر مردمکم سنگ تراشی کردند
بمب ها جمجمه ام را متلاشی کردند
مثل سگ های گرسنه به تنم تاخته اند
سر قالیچهٔ خونم اتن انداخته اند
بیخبر مانده که این بادیه عاشق دارد
پشت هر تپه دو صد قافله "خالق" دارد
که چنین جا به چنین بی پدران جا نشود
صاحب خانه به جز دختر بودا نشود
وطنم! سینهٔ تو روزنه‌ی امید است
پاسدار شب و روز تو فقط خورشید است
آسمانت پر گنجشک و کبوتر بادا
دشت هایت پر گل‌های معطر بادا

Combien de pleurs encore

Combien de pleurs encore me faudra-t-il verser sur mon exil
loin de mon foyer
Sur le chagrin de voir mon beau pays détruit, ruiné
Combien de temps encore faudra-t-il que mes larmes coulent
comme l'Oxus
Pour laver, ô ma mère, le sang coulé des épaules de mon père
Sur quel miroir purifier à l'eau de mes larmes la douleur
Marquée au fer rouge sur le front des érables et des nénuphars
Corps et âme enflammés, j'appelle à mon secours le médecin habile
Qui saura me guérir, moi, la grande brûlée d'une patrie consumée
Chacune de mes pupilles est comme une pierre grattée
Sous une pluie de bombes, mon crâne a éclaté
Comme des chiens affamés, ils s'attaquent à moi
Sur le tapis de mon sang, ils se sont mis à danser[13]
Sans savoir que cette plaine est la plaine des amants
Que derrière chaque colline attendent mille guerriers prêts
à se soulever[14]
Qu'il n'y a en ce lieu pas de place pour les bâtards
Et que cette maison est celle des filles de Bouddha
Patrie, ô ma patrie, ta poitrine est la lucarne des espoirs
Le gardien de tes jours et de tes nuits est le soleil et lui seul
Qu'à jamais ton ciel soit couvert de moineaux et de tourterelles
Qu'à jamais les fleurs parfumées embaument tes douces plaines.

محبوبه ابراهیمی

اشتباه شده

اشتباه شده
شعر
اصلا
لازم نبود اینطور بشناسد تو را
حالا چطور
از حافظه اش پاک کند
این همه چشم و دهان زنده را
جایی اشتباهی رخ داده
من
به جای نوشتن
حالا باید خوابیده باشم
تو
به جای سوختن
حالا باید
در رختخوابت باشی
خسته از سفر
ما در جایی اشتباه
به دنیا آمدیم
ما در جایی
به اشتباه می میریم.

Mahbûba Ebrâhimi

Il y a eu erreur

Il y a eu erreur
Il n'était absolument pas prévu
Que la poésie
Te connaisse ainsi
Maintenant comment peut-elle
Effacer de sa mémoire
Tous ces yeux et ces bouches vivantes
Il y a eu erreur quelque part
Moi
Au lieu d'écrire
Je devrais être en train de dormir
Et toi
Au lieu de brûler
Tu devrais
Être au lit
Fatigués des voyages
Nous sommes nés quelque part
Par erreur
Nous mourrons ailleurs
Par erreur.

روی زمین مان

جایی پیدا نمی توانیم روی زمین مان
به اندازه یک اتاق
به اندازه یک گلیم
حتی به اندازه آمدن آخرین درد
فرصت نداریم
پس باید
بچه هایمان را
در هواپیماها بزاییم
در کمپ ها شیرشان بدهیم
و بگذاریم در سرزمین دیگران
زبان باز کنند
و یک روز ناگهان از ماپپرسند
ما از کجاییم ؟

حواسمان باشد
سرانگشت نازک شان را
نسوزانیم
وقتی
آن را
روی نقشه
بر نام وطن می گذاریم.

Sur cette terre

Aucune place pour nous sur notre terre
Ne serait-ce que de la taille d'une chambre
De la taille d'un tapis
Nous n'avons même pas le temps
De ressentir la venue de la dernière douleur

Alors il faut
Que nous accouchions de nos enfants
Dans des avions
Que nous les allaitions dans des camps
Que nous les laissions venir au langage
Dans des terres étrangères
Jusqu'au jour où brusquement ils nous demandent :
Nous sommes d'où ?

Prenons garde
De ne pas brûler
Le bout de leur petit index
Lorsque
Sur la carte du monde
Nous le poserons sur le nom de notre patrie.

4.

Mille désirs avides

هما دستگیرزاده

شقاوت

از هیچ چشمی نگاهی نمی تراود
و هیچ نگاهی الفبای نگریستن را
از بر نکرده است
چشم ها
آخذه های اطلاعات بصری اند
و گوش ها
آخذه های اطلاعات سمعی
ادراک از این دو وسیله
جدا افتاده است
من که با دستهایم می بینم
و با چشمهایم لمس می کنم
و شنوایی ام صدای خاموش اشیا را
می بیند
درین بیگانه سرای
در انتظار مهمانی لبخندی ام
که از مرز قراردادهای روزمرگی
عبور کرده باشد
منتظر دستانی ام
که حضور اضطراب را در سر انگشتان خویش
میزبان بوده باشد
درین بیگانه سرا
من دیده در راه معجزه ای هستم
به نامِ عشق

Homeyrâ Dastguirzâda

Difficulté

Aucun œil ne jaillit en regard
Et aucun regard n'a appris par cœur
L'alphabet du voir
Les yeux
Ne sont que des pourvoyeurs d'informations visuelles
Et les oreilles
Pourvoyeuses d'informations auditives
L'entendement gît
Bien loin de ces deux sens

Moi qui vois avec mes mains
Qui touche avec mes yeux
Moi dont l'ouïe
Voit
Le bruit silencieux des choses
En ce pays étranger
J'attends l'hospitalité d'un sourire
Qui aurait traversé
La frontière des conventions routinières
J'attends des mains
Qui auraient accueilli
Au bout des doigts, la présence frémissante d'un émoi
En ce pays étranger
Mon regard attend un miracle
Qui se nomme l'amour.

ثریا واحدی

شعله پنهان غم

ای نغمه والای من، ای مطلع دیوان من
مینای مستی زای من، صهبای تاکستان من
ای درنهانم جای تو، جانم پرازغوغای تو
خلوتگهم مأوای تو، آیین من، ایمان من
با تو چو مه در هاله ام، بی تو خروش و ناله ام
ای جاری رگهای من، ای موج من طوفان من
خوابم پریش ازدست تو، دل مست چشم مست تو
روح و روان آبست تو، ای ماه مهرافشان من
ای آیت قول وغزل، ای هم ابد، ای هم ازل
پوشیده در جان منی، چون شعله پنهان من
صبر و توان من تویی، جان وجهان من تویی
پیوند جان من تویی، ای برترین پیمان من

Sorayâ Vâhedi

Secrètes flammes du désir[15]

Toi qui es mon chant le plus haut, toi l'ouverture de mes poèmes
Toi, mon azur source d'ivresse, toi le vin de ma vigne intime
Toi qui sièges au-dedans de moi, toi qui mets le tumulte en mon âme
Mon oratoire est ton abri, toi mon verset, ô toi ma foi
Avec toi je suis une lune entourée d'un halo de gloire
Mais sans toi, je ne suis que cris, plaintes qui montent jusqu'au ciel
Ô toi qui coules dans mes veines, ô toi ma vague et ma tempête
Mon cœur est ivre de toi, ivre de tes yeux enivrés, enivrants
Et l'idée de toi dans la nuit a mis mon sommeil en lambeaux
L'âme et l'esprit de toi enceints, ô toi ma lune rayonnante
Toi, le miracle dans mes mots et toi, le verset de mes odes
Toi l'éternel qui fut toujours et qui toujours restera
Tu vis en secret dans mon âme, tu es flamme cachée en moi
Tu es ma force et ma patience, tu es ma vie, tu es mon monde
Tu es le lien qui tient ma vie, tu es ma plus haute promesse.

عایشه افغان

در تفکر حیرانم...

حالتی عجب دارم خویش را نمیدانم
کیستم کجا بودم در تفکر حیرانم
گاه مست و مدهوشم گه ز سر رود هوشم
گه به بزم عاشقان گه چون گل پریشانم
گه چون صبح نورانی گه چو شام ظلمانی
گه به تخت سلطانی گه فقیر و حیرانم
گه روم سوی مسجد گه بذکر قرآنم
گه عشق می ورزم گه چو شمع میسوزم
گه به مجلس رندان گه چو ابر نیسانم
گه شوم چو دیوانه گه شوم چو فرزانه
گه چو ابر گریانم گه چو غنچه خندانم
گه دلیل افلاطون گاه میشوم مجنون
گه پی شفای خویش گاه ترک درمانم
گه روم سوی صحرا، گه نشسته ام تنها
گه چو عاشق مجنون گه بسلک رندانم
گه بحیرت عایشه گه بفکر و اندیشه
گه ز غم جگر ریشم گه ز خود گریزانم

‘Âyecha Afghân

Stupéfaction

Étrange état que le mien : je ne me reconnais point
Qui suis-je, où en étais-je ? Mes pensées sont stupéfaites
Tantôt ivre jusqu’à l’inconscience, tantôt ravie à la conscience
Tantôt à la fête des amants, tantôt effeuillée telle une fleur
Tantôt claire comme le jour, tantôt sombre comme la nuit
Tantôt au trône du souverain, tantôt pauvre, perdue, éperdue
Tantôt je vais à la taverne, tantôt au temple des idoles
Tantôt je vais à la mosquée en récitant le Coran
Tantôt je m’exerce à l’amour, parfois je brûle comme une chandelle
Tantôt en assemblée libertine, tantôt comme un nuage printanier
Tantôt je deviens folle et d’autres fois la raison même
Tantôt je pleure comme le nuage, tantôt je ris comme le bourgeon
Tantôt disciple de Platon, d’autres fois adepte de Majnûn[16]
Tantôt je cherche la guérison et parfois je rejette le remède
Tantôt je vais au désert et d’autres fois je reste seule
Tantôt amante folle de désir, tantôt en quête de sagesse pure
Tantôt stupéfaite, je me trouve, tantôt me perds dans mes pensées
Tantôt j’ai le cœur déchiré et tantôt ‘Âyecha, à moi-même arrachée.

چشم براه

شیرین صنما دوش تو مهمان که بودی
پروانه منم شمع شبستان که بودی
در آرزوی وصل تو عمرم شده بر باد
فارغ ز من و بندهٔ فرمان که بودی
ای سرو قد لاله عذار شکرین لب
محبوس سر زلف پریشان که بودی
ترسا صفت حوروش حور مثالی
گو بهر خدا رهزن ایمان که بودی
رفتی ز برم چشم دچار است به راهت
خود مردمک دیدهٔ گریان که بودی
در بادیهٔ هجر و فراقت من مضطر
مجنون صفتم لیلی دوران که بودی
در باغ جنان نیست گلی چون گل رویت
ای سرو روان زینت بستان که بودی
ای دل تو به « عایشه » بگو شرح حکایت
افتاده تو در چاه زنخندان که بودی

Attente

Ô mon idole délicieuse, hier, avec qui étais-tu ?
Moi, je suis papillon, et toi, de quelle chambre la chandelle étais-tu ?
Au désir brûlant de toi, ma vie au vent s'en est allée
Libéré de moi, dans les chaînes de qui étais-tu ?
Ô toi mon cyprès au visage empourpré, toi aux lèvres sucrées
Au piège de quelle chevelure éparse étais-tu ?
Nature infidèle[17], ensorceleuse, angélique
Dis la vérité, par Dieu, à qui as-tu volé la foi, où étais-tu ?
Tu es parti loin de moi et mes yeux sont rivés à la route
Tu étais pupille d'un œil en pleurs, mais à qui étais-tu ?
Au désert de ton absence, je vais errante en ma détresse
Je suis folle comme Majnûn, et toi, la Layli de qui étais-tu ?
Il n'est pas de fleur comme ton visage au Paradis
Ô cyprès délié, ornement de quel jardin étais-tu ?
Ô mon cœur, fais à 'Âyecha le récit de ta plainte
Dis, tombé dans le puits de sa fossette, à qui rêvais-tu ?

رابعه بلخی

زنجیر عشق

عشق او باز اندر آوردم به بند
کوشش بسیار نامد سودمند

توسنی کردم ندانستم همی
کز کشیدن سخت تر گردد کمند

عشق دریایی کرانه ناپدید
کی توان کردن شنا ای مستمند

عاشقی خواهی که تا پایان بری
پس بباید ساخت با هر ناپسند

زشت باید دید و انگارید خوب
زهر باید خورد و پندارید قند

Râbe‘a Balkhi

Les chaînes de l’amour

De nouveau piégée dans les rets de son amour
J’eus beau faire, rien n’y faisait

Récalcitrante, j’ignorais que plus je me débattrais
Plus étroitement le piège m’enlacerait

Une mer sans rivage, c’est cela l’amour
Ô malheureuse, comment y surnager !

Si tu veux connaître le fin mot de l’amour
Alors accepte même ce qui déplaît

La ciguë toute bue que l’on s’imagine délice
La cruauté constatée que l’on veut croire bienfait.

خالده فروغ

غوغا

سکوت است و دریا شب آمد شب آمد
چراغی ز آوا شب آمد شب آمد

گذشتم ز آتش که خورشید باشم
کنونم به غوغا شب آمد شب آمد

شکوه نگاه تو ای روز بودم
درین اوج رویا شب آمد شب آمد

تبسم به لبهای صبحست زخمی
که شبهای شبها شب آمد شب آمد

من و مشعل عشق در دست در دست
چه باک است کاینجا شب آمد شب آمد

Khâleda Forûgh

Tumulte

Silence et océan : c'est la nuit, c'est la nuit
Et le chant se fait lampe
C'est la nuit, c'est la nuit

J'ai quitté le feu pour devenir soleil
Maintenant en tumulte
C'est la nuit, c'est la nuit

J'étais la gloire de ton regard, ô jour !
Mais à la cime de mon imaginaire
La nuit est tombée, la nuit

Le sourire est aux lèvres de l'aube, une blessure
Car en cette nuit parmi les nuits
C'est la nuit, c'est la nuit

Me voilà, le flambeau de l'amour à la main
Que craindrais-je ici
Où c'est la nuit, c'est la nuit.

مریم سپهر

دوباره...

دوباره معذرت و اشک های پنهانی
دلتنگی غریب، یک دعوای طولانی
پیغامهای نقطه چین و خوب می فهمم
هر نقطه اش اندوه، درد، پشیمانی

سکوت و بغض و انتظار دلداری
خواب بوسیدن لبهات حین بیداری
نگاه مضطرب و نگران ومعصومت
سوالِ قشنگ هنوز دوستم داری؟

تمام تنت حس و حال بیزاری
خسته از حرفهای شوم تکراری
هزار بار تردید بین ماندن و رفتن
به دلت که می رسی انگار ناچاری

در اول شراب ترانه می خوانی
در آخر شراب مرد بداخلاق روانی
شکستن لیوان، قهر، هشدار ترکم کن
گریه میکنی در آغوشم و پریشانی

کودکِ بهانه گیر و لجبازی
معشوق، عروسک خیمه شب بازی
لبریزی از جنون و نفرت و عشق
معلوم نیست برنده ی این بازی

Maryam Sepehr

À nouveau...

À nouveau, les *pardonne-moi* et les larmes cachées
Et la dispute sans fin et ce cœur si violemment serré
Et les messages aux points de suspension dont je saisis
Dans chaque point, le poids des peines, des chagrins, des regrets

Le silence et cette boule dans la gorge et l'espoir d'être consolé[18]
Le rêve de baiser tes lèvres, rêve éveillé
Ton regard inquiet, anxieux, innocent et puis
Est-ce que tu m'aimes encore ?, la plus belle question jamais posée

Et ton corps tout entier saisi de lassitude, épuisé
Des paroles funestes répétées à l'envi, fatigué
L'hésitation mille fois entre rester et partir
Mais quand tu en viens au cœur, on dirait que tu es piégé

Au début, tu chantes le vin des ivresses enchantées
À la fin tu es le vin mauvais de l'homme aux humeurs renfrognées
Verres cassés, bouderie, menaces de se quitter
Tu pleures dans mes bras, perdu, désorienté

Tu es capricieux, têtu comme un enfant gâté
Marionnette au théâtre des nuits, toi bien-aimé
Débordant de folie, de haine, d'amour
Personne ne sait qui à ce jeu va gagner.

به من بگو...

عاشقانم، هر یک مرا به چشم یک زن می طلبند
و نهایت آرزوهاشان خوابگی ست
اما تو
تشنه روح و اندیشه منی
و تنها به آوایم قانعی
همین تفاوت
حساب ترا از همگان جدا کرده
و مرا بی نیاز

به من بگو
متولد کدام ماه و سرزمینی؟
چگونه پرورش یافته ای؟
چه زمانی با روح من آشنا شدی؟
که چنین خالص و بی مثالی در عشق

Dis-moi...

Mes amants me désirent tous comme on désire une femme
Et leur espoir ultime est de coucher avec moi
Mais toi
Tu as soif de mon âme et de mes pensées
Et tu te contentes de ma voix
Cette seule différence
Fait de toi un être à part
Et de moi, une femme sans autre désir

Dis-moi
Dans quel mois, sur quelle terre es-tu né?
Comment tu fus élevé?
À quel moment as-tu fait connaissance avec mon âme?
Pour être ainsi pur et sans égal en amour.

رقیه حبیب

غروب بی برگشت

مهربان من
آفتاب چون زورقِ از طلایِ سوخته
به سوی یک غروب ابدی
بادبان گشوده
تاریک روشنایی، همه آفاق را می مکد
من با توام
شراع آن کشتی که عامل روز است
و روشنایی
در موجی کوه پیکر، جهیده از اقیانوس ظلمت
ازنظرگاهم
ناپدیده می شود

من با توام
وگنده از زمین
همانند درختی پیر
ریشه هایش کنده از خاک.
خاک خوبی
خاک عزیزی، که جوانه های سرسبز نهالان را در سینه اش
می پرورید
از باد بهارانش نوازش
از مهتاب جلوه و صفا
وز گل رنگ و بو
وز آفتاب گرما و سرور
هدیه شان می کرد ...

Roqia Habib

Crépuscule sans retour

Mon doux ami,
Le sais-tu,
Le soleil
Tel une barque d'or brûlé
A mis les voiles
Vers un crépuscule éternel
L'obscurité de la lumière aspire l'horizon tout entier
Je suis avec toi
Dans une vague gigantesque jaillie de l'océan des ténèbres
La voile du navire porteur de jour
Et de lumière
Disparaît de ma vue.
Je suis avec toi
Arrachée au sol
Comme un arbre vieux
Aux racines arrachées à la terre.
La terre bonne
Et précieuse qui portait en son sein les germes verdoyants des arbrisseaux
Elle qui leur faisait don
Des vents caressants du printemps
De la pleine lune resplendissante
Du parfum et des couleurs des fleurs
De la chaleur et de la joie du soleil...

خاک خوبی
که در یک جوشش خشم
آن جوانه های سرسبز را پوشاند وغبارشان را به دست باد
سپرد.
عزیز من
آفتاب دیگرنیست
افق در هر سو ظلمانی و سیاه
زورق طلای سوختهٔ خورشید
در کام غروب ابدی فرو رفت...
من با توام
بازوان خشکیدهٔ من چون دوشاخهٔ درخت زمستانی
در خلاء مرتعش و لرزان
در تلاش رسیدن به زورق
زورق حامل روز...
من با توام
تنهای تنها
در خلوت بزرگ تو
در نبودن، در نیستی
در نقطهٔ رهایی از قید بودن
در آغاز غروب بی برگشت تو
غروب پیوسته با ابدیت

La terre bonne
Qui dans un bouillonnement de colère
Fit pourrir les germes verdoyants et sema au vent leur poussière flétrie
Mon aimé,
Le soleil n'est plus
L'horizon est de toutes parts, ténèbres
La barque en or brûlé du soleil
Engloutie dans la gueule du crépuscule éternel
Je suis avec toi
Mes bras desséchés, comme les deux branches d'un arbre hivernal
Dans le vide… et frémissant
Dans l'effort d'atteindre la barque
La barque porteuse du jour
Je suis avec toi
Seule dans la solitude
Dans ton intimité béante
Dans le non-être, dans l'inexistence
Au point de rupture du lien d'être
Au seuil de ton crépuscule sans retour
Crépuscule amarré à l'éternité.

شفیقه دیباج

بوسهٔ خورشید

با ذکر نام عشق تو بیتاب می شوم
با یاد چشم های تو در خواب می شوم
در دستهای شوخ تو ای پور آفتاب
لرزانتر از چکیده سیماب می شوم
امشب چو شبنم از دل شب زاده میشوم
فردا ز شرم بوسه تو آب میشوم
در فصل زرد با نفس سبزت ای بهار
از نو جوانه بسته و شاداب می شوم
در آرزوی دیدن تصویر چشمهات
چشمان چشمه دیدهٔ تالاب می شوم
با ساز عشق و رقص دل و ارغنون شعر
مهمان بزم زهره و مهتاب می شوم
سنگی شکسته ام که به اعجاز چشم تو
رخشنده تر ز گوهر نایاب می شوم

Chafiqa Dibâj

Baiser du soleil

La mention de ton nom associé à l'amour me fait perdre patience
Le souvenir de tes yeux m'accompagne dans le sommeil
Entre tes mains joueuses, ô fils du soleil
Je deviens plus frémissante encore que le vif-argent
Cette nuit comme la rosée, je nais du cœur de la nuit
Demain, intimidée par tes baisers, je vais m'évaporer
Quand la saison est au jaune, avec ton souffle vert, ô printemps
Me reviennent les bourgeons et la joie verdoyante
Dans l'espoir de voir l'image de tes yeux
Mes yeux deviennent deux lacs inondés par les eaux
Avec la lyre de l'amour, la danse du cœur et l'orgue des vers
Je deviens l'hôte du banquet de Vénus et de la pleine Lune
Je suis une pierre brisée mais par le miracle de tes yeux
Je deviens plus éclatante qu'une perle précieuse[19].

بهار سعید

ترانه ها

از دوری تو بسکه تن افروخته باشم
چشمم به ره نوش لبت دوخته باشم
ترسم برسی نزد من آن لحظه که دیگر
در آرزوی بوسهٔ تو سوخته باشم

دهن تا در دهانت می گذارم
که شاید نوش تو بخشد قرارم
ز بس لذت بود در بوسه هایت
لبانم را بده طاقت ندارم

لبانت تا لبانم را صدا کرد
به نوش بوسه هایت آشنا کرد
نمی دانی مرا گاه چشیدن
به شرب لذت تو مبتلا کرد

ز پیراهن تنت را گر ربایم
ز راه گردنت دزدانه آیم
فشارم لب بروی سینهٔ تو
کشم قلب ترا با بوسه هایم

اگر یکشب بیایم در بر تو
گذارم لب به لبهای تر تو
چنان تن را در آغوشت فشارم
که افتد نقش من در پیکر تو

Bahâr Sa'id

Chansons

Loin de toi, mon corps est tellement enfiévré
Qu'au nectar de ta bouche tout mon être est rivé
Je crains que tu n'arrives trop tard
Quand mon corps en désir de toi aura brûlé

Dès que je mets ma bouche dans ta bouche
Dans l'espoir du breuvage qui saura m'apaiser
La jouissance pure que donnent tes baisers
Me submerge et m'emporte : rends mes lèvres, pitié !

Dès l'instant où tes lèvres appelèrent mes lèvres
Et me firent connaître le plaisir des baisers
Dès que je t'ai goûté, le sauras-tu jamais
De cette jouissance je fus comme obsédée

Si je peux dérober ton corps à ta vêture
Je viendrai en voleuse tout le long de ton cou
Je poserai goulue mes lèvres sur ton torse
J'engloutirai ton cœur à force de baisers

Si je viens une nuit me lover contre toi
Sur tes lèvres humides si je pose les miennes
Je serrerai si fort mon corps contre le tien
Que mon image en toi sera comme imprimée.

تشنه

به استقبال بیت زیبای فرخی یزدی :
« شب چو دربستم و مست از می نابش کردم
ماه اگر حلقه به در کوفت جوابش کردم »

« شب چو در بستم و مست از می نابش کردم »
ساقی فتنه شدم شوق عذابش کردم
چشم او جام عطش بود و مرا می طلبید
ریختم درنگهش تا که خرابش کردم
لب او را بگرفتم که چَشَم طعم شراب
آب شد در دهنم نوش چو آبش کردم
شعلهٔ عشق شدم دور دلش پیچیدم
اشکها ریخت چو در خویش کبابش کردم
تا فرستاد تنش را که تنم را ببرد
ناز را حادثهٔ راه شتابش کردم
تا سحر در طلب آب، عطش می پیمود
تشنه جان بردمش و غرق سرابش کردم
آنقدر سوخت که بگریست شرر در غزلم
مرد قسمت زدهٔ بخت کتابش کردم

Assoiffée

Inspiré du beau distique de Farrokhi Yazdi :
« Lorsque j'ai fermé la porte, la nuit, et que je l'ai enivrée
Si la lune a frappé à la porte, je lui ai répondu de s'en aller »

Lorsque j'ai fermé la porte, la nuit, et que je l'ai enivré
Échanson séditieux, je lui ai donné désir et souffrance
Son regard était la coupe de la soif et me désirait
Je me suis versée à son regard jusqu'à l'enivrer
J'ai mordu sa lèvre pour goûter au goût du vin
Elle devint eau dans ma bouche et je la bus tout entière
Devenue flamme d'amour, autour de sa taille, je me suis enroulée
Une fois qu'il fut en moi consumé, les larmes se mirent à couler
Lorsqu'il envoya son corps chercher mon corps
Par coquetterie, je lui ai barré le chemin
Jusqu'à l'aube, en quête d'eau, il a parcouru la soif
Je l'ai mené, âme assoiffée et aux mirages, je l'ai noyé
Il brûla tant que les flammes de mon poème se mirent à pleurer
Alors je le mis dans mon livre, comme un homme béatifié.

صفیه میلاد

اشک حسرت

باغ سرد تن من
به هوای نگهت سبز شود
شاخه خشک تنم
چو ببیند
فصل باران نگاهت
بشکفد از شادی
و به چشمان پر از مهر تو معتاد شود
آه
ای هزاران افسوس
ای هزاران حسرت
ز چنین باور تلخ
زعبث بودن من
که نهاد من
وابسته به توست
تو ز من غافلی و هیچ نمی دانی
هیچ
ای هزاران حسرت
ز عبث بودن پندارم و این قصه تلخ
آه
یکبار تو بشنو این درد
این صدا
و تو نگذار که دستان دلم
زین همه حسرت و غم سرد شود
دلم آگندهٔ مهرت
چشم معتاد به تو
همه پردرد شود،
آه مگذار چنین

Safia Milâd

Larmes du désir

Le jardin glacé de mon corps
Verdit au climat de tes yeux
À la vue
De la saison des pluies de ton regard
La branche sèche de mon corps
S'épanouit de joie
Et devient accro à tes yeux saturés d'amour
Hélas!
Mille fois hélas
Mille désirs avides
Amère croyance
De ma vanité
De me savoir au plus profond
Dépendante de toi
Quand toi, tu m'ignores et ne sais rien
Rien
Mille désirs avides
Vanité des pensées et de mes vers amers
Hélas!
Entends une fois ma douleur
Cette voix
Et ne laisse pas les bras de mon cœur
Geler du chagrin de tant de désirs inassouvis
Que mon cœur tout imprégné de ton amour
Et mon œil accro à toi
Souffrent le martyre
Non, ne laisse pas...

فرزانه فارانی

گفتنی نیست

دور از تو سحر شگفتنی نیست
فریاد دلم شنیدنی نیست
حالی که بود مرا ز هجران
احساس بکن که گفتنی نیست
با رشته عشق خود تو ما را
بستی که دگر گسستنی نیست
خاموش و سیه شده شب و روز
وصل تو مگر رسیدنی نیست
خورشید تویی بیا به سویم
بی تو شب من گذشتنی نیست

Farzâna Fârâni

Rien ne peut le dire

Sans toi, l'aube ne peut pas naître
Ni les cris de mon cœur se faire entendre
Ce que je ressens d'être séparée
Ressens-le, rien ne peut le dire
Avec le lien de ton amour
Tu m'as attachée sans retour
Obscurs et silencieux, la nuit comme le jour
L'union serait-elle donc impossible à atteindre ?
Cette nuit qui me tient étreinte dans ses bras
Ne saurait donc finir avec l'aube ?
Le soleil, c'est toi, viens à moi
Car sans toi, ma nuit ne peut s'éteindre.

حمیده میرزاده حسینی

گم کرده ام

مرغ گلزار امیدم، آشیان گم کرده ام
محملی از اشک بودم، ساربان گم کرده ام
خانه بر دوش و چو لیلی شهرهٔ بازار عشق
درمیان مردمان نام و نشان گم کرده ام
رگ به رگ فصل وجودم با تبسّم خو گرفت
شوق را در بزم عشاق زمان گم کرده ام
ناله ام، از بند بند نی گذر کردم ولی
در ضلال غربت دل نیستان گم کرده ام
بلبلی افسرده ام آزرده از هجران گل
درچمن بوی وصال ارغوان گم کرده ام
جستجو دارم میان کعبه آیینه ها
شمع جان را در نماز عارفان گم کرده ام
در نگارستان ذهنم صد هزاران نقش بود
رنگ عشقم را درمیان نقش جان گم کرده ام

Hamida Mirzâda Hossayni

Perdu

Je suis l'oiseau du jardin des espoirs mais j'ai perdu mon nid
J'étais caravane de pleurs, mon caravanier, je l'ai perdu
Vagabonde et comme Layli, célèbre au marché de l'amour
Pourtant parmi les gens, me voilà comme une inconnue
Toutes les veines qui tissent mon être étaient mêlées de sourire
Mais en ce jour, au banquet des amants, la joie, je l'ai perdue
Plainte, j'ai traversé tous les degrés du ney [20]
Mais dans le sombre exil où mon cœur vagabonde, la roselière [21],
je l'ai perdue
Je suis un rossignol éteint et malheureux du départ de la rose
Dans l'herbe, c'est le parfum pourpre de l'union que j'ai perdu [22]
Toujours en quête à la Kaaba des miroirs
La chandelle de l'âme, dans la prière des mystiques, je l'ai perdue
Sur la scène de mon imaginaire, il y avait myriades d'images
La couleur de mon amour, c'est dans l'image de l'âme que je l'ai
perdue.

حلیمه سلیمی

با خویش میبرم تُرا

با خویش میبرم به هیاهوی شب ترا
جایی میان بوسه و آغوش و لب ترا
آنقدر خاصه ای که طبیبان شهر ما
تجویز کرده اند به هنگام تب ترا
بد گونه در ضمیر کسی جا گرفته ای
هرلحظه میکند ز خدایش طلب ترا
من هم کف کویر و تو از جنس آب ها
جا کرده ام میان دلم بی سبب ترا
هی پشت پا زدم به خیالت بلاخره
از ایستگاه خاطره راندم عقب ترا

Halima Salimi

Je t'emmène avec moi

Je t'emmène avec moi jusqu'au cœur des tumultes nocturnes
Quelque part entre baisers, étreintes et lèvres, je t'emmène, toi
Tu es tellement à part que les médecins de notre ville
T'ont prescrit pour les fortes fièvres, toi
Tu as pris sévèrement place au tréfonds de l'âme
Qui te réclame à son Dieu à chaque instant, toi
Moi, je suis la terre du désert brûlant et toi, tu es comme l'eau
J'ai fait place au cœur de mon cœur – sans raison – pour toi
À force de coups de pied contre ton image, finalement
De la place forte des souvenirs, je t'ai fait reculer, toi.

نفس بگیر که جان در تنم دمیده شود...

نفس بگیر که جان در تنم دمیده شود
دلم دوباره به بند غمت کشیده شود
نشسته باشم و یکدم ز راه سر برسی
و تار عشق تو در رگ رگم تنیده شود
به کارخیر معطل نکن که با این کار
جهان خراب و سپس از نو آفریده شود
بیا وعشق بیاور به شهر خسته ما
که خاطر همه درگیر این پدیده شود
و اندکی به کنارم حضور داشته باش
که دست های غم از دامنم بریده شود

Respire pour qu'à nouveau la vie souffle en mon corps

Respire pour qu'à nouveau la vie souffle en mon corps
Que mon cœur se prenne à ce désir de toi comme enchaîné
Que soudain tu arrives sur la route là-bas vers moi assise ici
Que les fils de ton amour se mêlent à toutes mes veines à nouveau
N'attends pas : il faut faire œuvre de piété au plus tôt car ainsi
Le monde sera détruit puis reconstruit à neuf et à nouveau
Viens, apporte l'amour en notre ville épuisée
Pour que cette advenue seule occupe nos pensées
Et reste un peu présent, là, à côté de moi
Pour que les mains du chagrin ne puissent plus atteindre ma robe.

کریمه شبرنگ

پیغمبران شهوت

پیغمبران شهوت از دیار کدامین خدا
تنت را این گونه تسخیر کردند؟
دست هایت را ساده به دست کسی نگذار
مفهموم سرنوشت من در خطوط دستان تو پیچیده است
"تو در خویش نسترن بی کار برای من
تنت را برهنه میخواهم بر تن خویش"
تمام تاریکی شب را می نوشم
به اعتماد دستان تو
یک نفس تنت را ببخش به من
تا لذت سکوت را بنوشی
ای همه هستی تنم نثارت
و نوازش های شانه هایم از آن تو باد!
پیغمبران شهوت از دیار کدامین خدا
تنت را اینگونه تسخیر کردند؟
شهر پُر از بوسه های نا محرم توست
عقده هایت را به من بسپار
و خمیازه های کشدارت را نیز
تنها به عصیان مقدس من پناه بیار
تنم سرشار از خلوت شب است
دست هایت را ساده به دست کسی نگذار
و لبانت را ببار بر سطح همیشه گی تنم
تا آبستن خشونت شعری شوم
ظهور کنم در فردای ناتمام هر دو مان
هم آغوشی ما جاری شود در تن شب
و نامت را پیوند بده به نامم

Karima Chabrang

Les prophètes du désir

D'où venaient les prophètes du désir
Qui ont ainsi conquis ton corps ? Du pays de quel dieu ?
Ne donne pas naïvement tes mains à d'autres mains
Car le sens de ma destinée est enroulé dans les lignes de ta main
« Plante des églantines en toi-même, pour moi
Ton corps, je le veux nu contre le mien »
L'obscurité de la nuit, je la bois, toute
Confiante dans tes mains
Le temps d'un souffle, offre-moi ton corps
Afin de boire toi-même à la jouissance du silence
Ô toi à qui je donne tout mon être en offrande
Je veux que seules tes mains caressent mes épaules
D'où venaient les prophètes du désir
Qui ont ainsi conquis ton corps ? De la patrie de quel dieu ?
La ville est pleine de tes baisers interdits
Confie-moi tes nœuds et tes regrets
Et tes bâillements aussi qui s'étirent
Abrite-toi dans le seul refuge de ma révolte sacrée
Mon corps est rempli de l'intime solitude des nuits
Ne donne pas naïvement tes mains à d'autres mains
Et fais pleuvoir tes lèvres sur la surface continue de mon corps
Pour que je tombe enceinte de la rage d'écrire
Et que j'apparaisse dans notre lendemain encore ouvert, le tien
    et le mien
Pour que notre étreinte se répande dans le corps de la nuit

تا همیشه های سبز
دست هایت را ساده به دست کسی نگذار
که مفهوم سرنوشت من در خطوط دستان تو پیچیده است.

Relie ton nom à mon nom
Jusqu'aux éternités vertes
Ne donne pas naïvement tes mains à d'autres mains
Car le sens de ma destinée est enroulé dans les lignes de ta main.

هما طرزی

هنوز

من عشق را برای تو تکرار کرده ام
من خویش را بر تو بدنام کرده ام
من عطر تازهٔ مست نهان وجود خویش
با آن همه گناه
با آن همه صفا
در موجهای گندهٔ اذهان بعضی ها
بر باد داده ام

حالا بیا ببین:
من شعر را برای تو تکرار می کنم
من شعر را برای تو ای جلوهٔ محال
ای مایهٔ سرور
ای پایهٔ امید
با آن همه خیال
با این همه جلال
در لای دودهٔ سیاه نگاه کسان
تکرار می کنم

Homâ Tarzi

Encore

J'ai réinventé l'amour pour toi
J'ai accepté l'opprobre pour toi
J'ai semé au vent
Le parfum frais, ivre, caché de mon être
Avec tous ses péchés
Avec toutes ses puretés
Je l'ai semé dans les relents houleux des esprits chagrins
Alors, viens et vois :
Je réinvente pour toi la poésie
Pour toi, incarnation de l'impossible, toi
Source de ma joie
Piédestal de tout espoir
Je réinvente
La poésie
Avec tous ses imaginaires
Avec toute sa gloire
Dans les volutes noires de la fumée des regards.

5.

L'aube que nous attendons

لیلا صراحت روشنی

ای یار
ای بهار

در فصل بی ترانهٔ بیمار
وقتی کلاغها
از کوچ فصل عشق سخن می گویند
باری به من صداقت باران شو
یا آرزوی سبز بهاران شو
ویرانه ام ز درد
این را فقط دو دست تو می دانند
با دست های خویش بنایم کن
از درد،
درد،
درد
رهایم کن
ای همصدای دور، صدایم کن

Laylâ Serâhat Rowchani

Reconstruis-moi

À la saison sans musique et malade
Lorsque les corbeaux
Disent la transhumance de la saison des amours
Deviens pour moi, une pluie sincère
Ou bien l'espoir du printemps verdoyant
Je suis anéantie de douleur
Seules tes deux mains le savent
De tes mains, reconstruis-moi
De la douleur
                    La douleur
                              La douleur
                                                  Libère-moi
Toi ma voix-sœur, écho de mes appels
Appelle-moi !

زهرا حسین زاده

آب و جارو

کاش خطی شوی از بلخ به مشهد برسی
قبل از آن که به تنم مرگ بیاید برسی

از تماشای خودت حوصله ات سر برود
موج دیوانه شوی تا لبهٔ سد برسی

خواب دیدم تو مرا می گذرانی از پل
عشق باریک تر از موست تو باید برسی

زلف آوارگی‌ام را به رخت باد کشید
حیف دیدی که به این دخترک بد برسی؟

آب وجارو چه کنم خانه کم آورد تو را
سر من برف نشاندی گل بی رد برسی؟

Zahrâ Hossaynzâda

Le balai et l'eau

Ah si seulement tu devenais une ligne reliant Balkh à Mashad
pour arriver ici !
Si seulement, avant que la mort ne prenne mon corps, tu pouvais
arriver ici !
Si seulement, fatigué du regard fixé sur toi-même
Tu devenais une vague folle jusqu'au bord de la digue, arrivée
jusqu'ici !
J'ai rêvé que tu me faisais traverser le pont, oui
Parce que l'Amour est plus fin qu'un cheveu, il te faut arriver
jusqu'ici !
Le vent a-t-il porté jusqu'à toi l'errance échevelée de mon exil ?
As-tu jugé dommage de prendre soin d'une fillette perdue,
en arrivant ici ?
Que faire du balai et de l'eau quand à la maison tu manques ainsi ?
As-tu fait neiger sur mon front pour que comme une fleur,
sans trace, tu arrives jusqu'ici ?

خالده بارش

از فریاد تا شکفتن

چقدر می خواهم

غم تنهایی را

به تن واژهٔ سبز

باز فریاد کنم

چقدر می خواهم

روح ویرانم را

فقط از نام خودت

خوب آباد کنم

کاش بتوانم.

Khâleda Bârech

Du cri à l'éclosion

Comme je voudrais

Au corps des mots verts

crier encore

la tristesse de la solitude

Comme je voudrais

Reconstruire

mon âme en ruines

par la seule force de ton nom.

Si seulement je pouvais.

نادیه فضل

سپیدار خیال

گفتم بهار را به قدم ریزم
عطر شکوفه های نگاهت را
گفتم که آسمان فریبا را
بخشم شهاب عشق و وفایت را

گفتم به وعده گاهِ سپیداران
با دختر سپیده دمان آیم
پسکوچه های تیره دنیایم
با چلچراغِ عشق بیارایم

گفتم ترا، فرشتهٔ خوبی ها
در عطر بوسه های هوس ریزم
با خود برم به اوج جنون عشق
سوزد تنت ز چشم شررخیزم

گفتم که باغها و چمن ها را
تخت عروس ناز بسازم من
مرغان نازنین نگاهت را
در چشمهٔ نیاز بنازم من

آه، ای سرود پاک خداوندی !
ای واژهٔ حقیقت و زیبایی
امشب مرا خیال تو پیچیده
در آستان وحشت تنهایی

امشب، خیال توست مرا همراه
با قامتِ طلایی سحرآمیز

Nâdia Fazl

Arbre de l'imaginaire

J'ai dit au printemps que je verserai à ses pieds
Le parfum fleuri de ton regard
J'ai dit qu'au ciel séducteur
Je ferai don de ton amour fidèle, mon étoile filante

J'ai dit qu'au rendez-vous des peupliers au tronc d'albâtre
Je viendrai avec la fille de l'aube blanche
Et que les ruelles sombres de mon monde
Je les ornerai des luminaires de l'amour

J'ai dit que toi, ange de toute beauté
Je te parfumerai tout entier des baisers du désir
Je t'emmènerai au sommet de la folie d'aimer
Et ton corps brûlera sous mes regards de braise

J'ai dit que des jardins et des plaines
Je ferai un lit de mariée suave
Et que les doux oiseaux de tes regards
Je les caresserai à la source de mes désirs

Hélas! Cette nuit ton image tourne
Au seuil terrifié de ma solitude
Toi, chant divin et pur
Toi, l'autre nom de vérité et de beauté

Cette nuit ton image m'accompagne
De toute sa hauteur enchanteresse, nimbée d'or

امشب، شراره بار شود از عشق
دنیای با شکوه خیال انگیز

دربارگاه پاک خداوندی
رقصان و شادمان و شکوفانم
از بوستان یاد تو چینم شعر
امشب، خیال تست چو مهمانم

حسرت برد به پاکی چشمانت
دنیای در سکوتِ مرا پیچید
گلهای آسمانی دستانت

خواهم که ذره های تنم را
خورشید پاک عشق تو سوزاند
از دشتهای سرد نگاه من
عفریت تلخ یأس گریزاند

در باغهای عطر وگلاب و مهر
خواهم که شادیانه کنیم روزی
در لای پنجه های مه و خورشید
بنیادِ آشیانه کنیم، روزی

Cette nuit, l'univers sublime d'où jaillit l'imaginaire
Prend toutes les couleurs éclatantes de l'amour

À la cour royale du Dieu de pureté
Dansante et joyeuse, je m'ouvre comme une fleur
Du verger de ton souvenir, je cueille les poèmes
Cette nuit, ton image est mon hôte

Je veux que ce monde saturé de douleur
T'envie la pureté de ton regard
Et que les fleurs célestes de tes mains
M'enveloppent dans ce monde de silence

Je veux que le pur soleil de ton amour
Consume les atomes de mon corps
Et fasse fuir des mornes plaines de mon regard
Le démon[23] amer du désespoir

Dans les jardins au parfum de rose et de tendresse
Je voudrais que nous trouvions un jour la joie
Et qu'entre les rayons du soleil et de la lune
Nous fassions notre nid, un jour.

ساجده میلاد

شهربند لاژورد و نور

دعا نمی کنی
که آفتاب سرکشد
ز پشت خیمه های سربی اُفق
دعا نمی کنی
امان باغ های سبز را
... و یک گشایش بلند را
خدا خدا نمی کنی؟!

من
از سکوت خسته ام
و از جمود لحظه ها دلم گرفته است
تو! شور و مستی و سرور را
صدا نمی کنی!
مرا نمی بری به لاژورد و نور
زلال بوسه هات را
به صبح شانه های تشنه ام
رها نمی کنی؟
شنیده ای که عاشقم به چشمهات
چرا نگاه آشنا نمی کنی
چرا رهایی ام نمی دهی تو از هجوم وهم باره ها
به آسمان ببین
که قاصدان فصل های پُرگهر رسیده اند
چه گفته ایم
چه عهد کرده ایم
به وعده های عاشقانه ات
بگو
وفا نمی کنی ؟!

Sâjeda Milâd

Le pays de lapis et de lumière

Tu ne pries pas
Que le soleil relève la tête
Derrière les tentes de l'horizon de plomb?
Tu ne pries pas
Pour le salut des jardins verdoyants?
Et tu ne supplies pas Dieu...
          Pour une ouverture, une élévation?!
Moi
Je suis lasse de ce silence
Au désespoir
Face au gel suspendu de nos instants
Et toi
Tu n'appelles pas l'ivresse et la joie!
Tu ne m'emmènes pas au pays de lapis et de lumière
Tu ne libères pas la transparence de tes baisers
Sur l'aube de mes épaules assoiffées?
Tu as entendu dire comme j'aime tes yeux
Pourquoi ne pas me regarder d'un regard familier?
Pourquoi ne me libères-tu pas, toi
De l'assaut des images qui pleuvent sur moi?
Vois dans le ciel
Comme ils arrivent, les messagers des saisons perlières
Que nous étions-nous dit?
Quels serments échangés?
          Dis
            Tu ne veux pas être fidèle
À tous tes serments d'amour?!

طیبه سهیلا

های آزادی!

روی درگاه های شکسته
محراب های غلتیده
اینجا کنار هجوم یتیمان تنها
کسی صدا می زند:
های آزادی!

اسیر خفته در دستان ظلم و تزویر
ای پیر گشته در سلول ظلمت و جهل
کجایی؟
در کدامین ظلمت آباد، به غُل و زنجیرت کشیده اند
که پیران خسته دل
ز دیدارت تعبیر خرابی ندارند
تا کودکان را برای تندیس یادگارت
به تماشا برند؟

های آزادی!
کجایی؟
های دارکشیدهٔ چهار راه خیانت و ظلم
من مرگت را دیدم
وقتی مناره ها فروریختند
وقتی نامت را از یادبود تقویم ها کشیدند
وقتی رنگ های تو،
جایگزین رنگ های کهن درفش شدند
وقتی سکوت را بر لب ها بخیه زدند
من مرگت را در کنار چوبهٔ دار دیدم
کسی کنار چوبه دارت نگریست
کسی برایت نتوانست گریستن

Tayyeba Soheylâ

Liberté

Sur les seuils brisés
Sur les niches de prières renversées
Ici, auprès des hordes d'orphelins abandonnés
Quelqu'un crie :
« Liberté ! »
Toi, prisonnière endormie entre les mains de l'injustice et de l'hypocrisie
Toi, blanchie dans la cellule des ténèbres et de l'ignorance
Où es-tu ?
Dans quelle cité d'obscurité t'a-t-on enchaînée
Pour que les vieux aux cœurs fatigués
Ne sachent plus où te trouver
Afin d'emmener les enfants te contempler
Comme une image sacrée ?

Liberté !
Où es-tu ?
Toi qui fus pendue au gibet au carrefour de la trahison et de l'injustice
Moi, je t'ai vue mourir
Quand les minarets furent détruits
Quand ton nom fut rayé du souvenir de nos calendriers
Quand tes couleurs
Devinrent les couleurs fatiguées du drapeau
Lorsque le silence fut suturé sur les bouches
Oui, je t'ai vue mourir au pied du gibet
Mais personne ne pleura au pied de cette potence

های آزادی!
های فراموش شده، رفتهٔ از یادها!
های زنجیری سده های درد
کجایی؟

تمثالت را از کدامین رواق گرد گرفته بردارم
و برای کودکانم یادگار بگذارم؟

Personne ne put, personne ne sut

Oh liberté !
Toi, l'oubliée, l'absente des mémoires
Toi, enchaînée aux siècles de douleurs
Où es-tu ?
Sur quel portique poussiéreux prendrais-je ton effigie
Pour te laisser en souvenir à mes enfants ?

مینا

من هرگز برنمی گردم

من زنم که دیگر بیدار گشته ام
از خاکستر اجساد کودکانم برخاستم و
توفان گشته ام
از جویبار خون برادرانم
سر بلند کرده ام
از طوفان خشم ملتم
نیرو گرفته ام
از دیوارها و دهکده های سوختهٔ کشورم
نفرت به دشمن برداشته ام

حالا دیگر مرا زار و ناتوان مپندار هموطن !

من زنم که دیگر بیدار گشته ام
من راه خود را یافته ام و
هرگز بر نمی گردم

با نگاه تیزبین همه چیز را در شب سیاه کشورم دیده ام
فریادهایِ نیمه شبی مادران بی فرزند در گوش هایم غوغا کرده اند
من کودکان پابرهنه، آواره و بی لانه دیده ام
من عروسانی را دیده ام که با دستان حنا بسته
لباس سیاه بیوگی بر تن نموده اند
من دیوارهای قد کشیده زندان ها را دیده ام
که آزادی را در شکم های گرسنه خود بلعیده اند

من درمیان مقاومت ها، دلیری ها، حماسه ها دوباره زاده شده ام
من در آخرین نفس ها در میان امواج خون و در فتح و پیروزی
سرود آزادی را آموخته ام

Meena

Plus jamais je ne reviendrai

Je suis une femme, désormais éveillée
Je me suis levée des cendres de mon enfance morte et je suis devenue tourbillon
J'ai relevé la tête des rivières rougies du sang de mes frères

L'orage de la colère grondant dans mon peuple m'a donné des forces

Les murs et les villages brûlés de mon pays m'ont remplie de haine pour l'ennemi

Ne me crois plus pauvre et faible, mon frère, toi né comme moi sur cette terre
Je suis une femme, désormais éveillée
J'ai trouvé mon chemin et je ne reviendrai plus jamais
Avec mon regard perçant j'ai tout vu dans la nuit noire de mon pays

J'ai entendu dans mes oreilles le tumulte des mères sans enfants qui crient au milieu de la nuit

J'ai vu les enfants aux pieds nus perdus, tombés du nid

J'ai vu les mariées aux mains décorées de henné
Revêtir la robe de deuil des veuves
J'ai vu les hauts murs sans fin des prisons
Qui avaient avalé la liberté dans leur ventre affamé
Je suis née une deuxième fois dans les combats, les bravoures, les épopées

حالا دیگر مرا زار و ناتوان مپندار، هموطن و ای برادر!

من در کنار تو و با تو
در راه نجات وطنم همنوا و همصدا گشته ام

صدایم با فریاد هزاران زن برپاگشته پیوند خورده است
مشتم با مشت های هزاران هموطن گره خورده است

من در کنار تو و در راه ملتم
قدم گذاشته ام
تا یکجا بشکنیم این همه رنج زندگی و همه بند بردگی

من آن نیستم که بودم هموطن و ای برادر!

من زنم که دیگر بیدار گشته ام
من راه خود را یافته ام و
هرگز بر نمی گردم

J'ai appris l'hymne de la liberté
Dans les derniers soupirs, dans les vagues de sang, dans la victoire
Ne me crois plus pauvre et faible, mon frère, toi né comme moi
  sur cette terre
Auprès de toi, avec toi, j'ai parlé d'une seule voix pour sauver
  ma patrie

Et ma voix s'est mêlée aux cris de milliers de femmes, comme moi

Mes poings se sont serrés avec tous les autres poings de ceux
  qui sont nés sur notre terre
À tes côtés, sur le chemin de notre peuple, j'ai marché
Pour qu'ensemble nous brisions la souffrance de vivre et les chaînes
  de l'esclavage
Je ne suis plus celle que j'étais, mon frère, toi comme moi nés
  sur cette terre
Je suis une femme, désormais éveillée
J'ai trouvé mon chemin et plus jamais je ne reviendrai.

محبوبه ابراهیمی

صلح

تفنگ بر دوش به استقبالم می‌آیی
ژولیده و ژنده پوش
این تو نیستی
قرار بود مردی بر اسبی سرخ...
تاجی از شگوفه‌های خشخاش بر موهایم می‌نشانی
لبخند می‌زنی و پروانه‌های نیمه جان به خاک می‌افتند
رهایم کن از تو می‌ترسم
در جیب‌هایت میدان‌های مین را پنهان کرده‌ای
مردانی را کشته‌اند و در چاه دلت انداخته‌اند
بوسه‌هایت می‌گویند
صدایت اما خسته و خراشیده به من می‌رسید:
بیا به خانه برویم
مرا اگر ببوسی
مین‌ها خنثی می‌شوند
تفنگ‌ها خشخاش‌ها...
بوسه‌ات کبوتری سپید است
شگوفه‌ای بر منقارش.

Mahbûba Ebrâhimi

Paix

Tu viens à ma rencontre, un fusil sur l'épaule
Les cheveux en bataille, en haillons
Non, ce n'est pas toi
Il était question que ce soit un cavalier sur une monture rousse…
Tu poses sur mes cheveux une couronne de fleurs de pavot
Tu souris et des papillons presque morts tombent sur la poussière
Laisse-moi, j'ai peur de toi
Tu as caché dans tes poches des champs de mines
Ils ont tué des hommes et ils les ont jetés dans le puits de ton cœur
Ce sont tes baisers qui le disent
Ta voix me parvient pourtant lasse et éraillée
Elle me dit :
Viens, rentrons à la maison
Si tu poses un baiser sur mes lèvres
Les mines seront neutralisées
Les fusils, les pavots…
Ton baiser est une colombe blanche
À son bec, elle porte une fleur.

شفیقه دیباج

باغ سپیده

این سیر بی خودی به کجا می برد مرا
شاید به ملک سبز خدا می برد مرا

فانوس شب شکسته مبادا که نور او
تا صبحدم به سیر و صفا می برد مرا

تا عرش عشق و لحظهٔ از خود جدا شدن
بر بالهای شعر و نوا می برد مرا

باغ سپیده جلوه دیدار می شود
گاهی که یار سوی وفا می برد مرا

یکسو گل نوازش و یکسوست عطر ناز
میل است میل او که کجا می برد مرا

رنگینی و لطافت رؤیای بکر او
هر شب به شهر آینه ها می برد مرا

هر شاهدخت در قدم عشق چون گداست
گنجور عشق همچو گدا می برد مرا

Chafiqa Dibâj

Jardin de l'aube blanche

Ce voyage hors de moi, où me mènera-t-il ?
Peut-être au vert pays des amours divines ?

Que ne se brise pas le photophore de la nuit
Dont la lumière jusqu'à l'aube me mène aux bonheurs inédits

Sur les ailes du poème et du chant, il me mène
Au sommet de l'amour et au point où le soi se sépare de soi

Quand l'ami me mène, quelquefois, vers la fidélité
Le jardin de l'aube blanche devient espace de la vision bénie

D'un côté fleur de caresse et de l'autre parfum de l'attente
Le désir est son désir : vers où m'emmènera-il ?

Les couleurs et les douceurs de l'imaginer ainsi
Me mènent chaque soir au pays des miroirs polis

Toute princesse en amour n'est que pauvresse
Le gardien des trésors de l'amour, comme une pauvresse,
  me traîne après lui.

حمیده میرزاده حسینی

مژگان تر

این حصار تیره را نور سحر خواهد شکست
حق ز خفاش سیاهی بال و پرخواهد شکست
گرد غربت دارد اینجا چهرهٔ آیینه ها
این غبار چهره ها بار دگر خواهد شکست
سفرهٔ دل پَرزنان داغ صدها لاله شد
انتخاب سفره را مژگان تر خواهد شکست
این خزان چند ساله رنگ خون و آتش است
نم نم باران عطش را در شرر خواهد شکست
باز هم در باغ ما صد غنچه گل خواهد شکفت
با بهاری نو سکوت بی ثمر خواهد شکست

Hamida Mirzâda Hossayni

Les larmes de nos yeux

Cette muraille sombre, la lumière de l'aube saura la briser
La Vérité saura briser les ailes de la chauve-souris ténèbre
Sur la surface des miroirs, ici, la poussière de l'exil s'est posée
Mais ce voile sur les visages, un jour sera brisé
Le secret de mon cœur à tire-d'aile a consumé le cœur des tulipes
Mais cette brûlure, les larmes de nos yeux la sauront briser
L'automne vieux de trop d'années a couleur de feu et de sang
Mais la pluie goutte à goutte saura briser la soif dans les flammes
Oui, en notre jardin des fleurs à foison vont éclore
Avec le printemps nouveau, le silence stérile sera brisé.

فرشته ضیایی

من و بهار

من هم احساس نوشگفتی را
در دل خویش جاودان دارم
من هم اینک میان لاله سرخ
سر به صحرای بیکران دارم

ازمیان شکوفه های سپید
زندگی را سلام می گویم
هریک از غنچه های نورس را
با نسیم بهار می بویم

گاه با ابر نقره ای رنگی
هرکجا بگذریم به گریان
گاه با یک نهال کوچک باغ
چشم به راه باد و بارانم
من به سوی جهان تازه خود
غم دوری آشیان دارم

Ferechta Ziyâyi

Le printemps et moi

Moi aussi, j'ai en moi, pour l'éternité
La sensation du bourgeon qui éclôt
Moi aussi désormais au cœur de la tulipe rouge
J'ai la tête tournée vers la plaine sans fin

Au milieu des fleurs blanches à peine écloses
Je dis bonjour à la vie
Et je hume dans la brise printanière
Chaque bourgeon encore vert

Tantôt avec le nuage d'argent
Où que je passe, en pleurs
Tantôt avec une jeune pousse au jardin
J'attends, impatiente, le vent et la pluie
Moi, les yeux tournés vers mon monde nouveau
Je porte le chagrin d'être loin de mon nid.

نادیا انجمن

شب و شعر

شب است و شعر میزند شرر به لحظه های من
و شوق شانه میکند به رشتهٔ صدای من
چه آتش است واعجب که آب میدهد مرا
و عطر روح میدمد به پیکر هوای من
ندانم از کدام کوه، کدام کوه آرزو
نسیم تازه میوزد به فصل انتهایِ من
ز ابر نو میرسد چنان زلال روشنی
که نیستی حاجتی دگر به اشک و های های من
جرقه هایِ آه من ستاره ریز میشود
به عرش لانه میکند کبوتر دعای من
سرشک بیخودانه ام به خط خط کتاب او
نگاه کن چه بی بهانه میچکد خدای من
ز حرف حرف دفتری ز واژه واژه محشری
قیامتی دمیده از سکوت دیر پای من
سحر مدر حریر وهمی مرا که خوشترم
به شب که شعر میزند شرر به لحظه های من

Nâdiâ Anjuman

Illumination

Voici la nuit : la poésie illumine mes instants
Voici l'exaltation qui peigne mes cordes vocales
Quel est ce feu, merveille étrange, qui m'abreuve ?
Voici que le parfum de l'âme embaume le corps de mes rêves
Je ne sais de quelle montagne, de quel sommet d'espoir
Voici qu'une brise nouvelle souffle sur la saison de ma fin
Du halo de lumière me vient une transparence, luminescence
Voici que n'ont plus d'autre désir mes larmes et mes soupirs
Les étincelles de mes plaintes font une poussière d'étoiles
Voici que la colombe de mes prières fait son nid dans l'empyrée
Mes larmes incontrôlées sur les lignes de son livre
Voici, ô mon Dieu, qu'elles tombent, goutte à goutte, sans raison
Lettre sur lettre dans un cahier, mot sur mot tumultueux
Voici que gronde une tourmente, fruit de mon silence obstiné
Ne déchire pas, ô aurore, la soie de mon imaginaire
Voici que je suis plus heureuse la nuit, quand Poésie illumine
mes instants.

با کاغذ و با خامه

دیشب لب من زمزمهٔ باز شدن داشت
تار دلم آهنگ در آواز شدن داشت
پر شور ترین نغمهٔ موسیقی هستی
در گوش سکوتم هوس ساز شدن داشت
یک روح بزرگ آمده بود از دل دریا
با خشکی جانم سر دمساز شدن داشت
از تنگی این پیکره بیرون شده بودم
هستی فراخم سر آغاز شدن داشت
یک قدرت پنهان شده در ذات زبانم
افسونگری قافیه پرداز شدن داشت
بس واژه رنگین که در اقلیم خیالم
بگشوده پر و میل بپرواز شدن داشت
با کاغذ و با خامه چه خوش جشن گرفتم
دیشب که لبم زمزمهٔ باز شدن داشت

Murmure

Hier dans la nuit mes lèvres voulaient en un murmure s'ouvrir
Les cordes de mon âme aspiraient à vibrer comme en une mélodie
La musique la plus enivrante de l'être
À l'oreille de mon silence se voulait naître, en harmonie
Une âme immense s'était levée du cœur de l'océan
À mon être desséché aspirant à s'unir
Sortie de l'étroitesse de ce corps étau
Mon existence désirait commencer son infini
Une puissance cachée au tréfonds de ma langue
Voulait se dire comme un secret sortilège, en rimes
Bien des mots colorés qui en mon pays d'imaginaire
Ouvrant les ailes, voulaient s'envoler dans un désir
Avec le papier et la plume, quelle fête quand
Hier dans la nuit mes lèvres voulaient en un murmure s'ouvrir.

نفیسه خوش نصیب

قلم و کاغذ

قلم با کاغذی می گفت روزی
ترا نقش و نگار از زحمت ماست

مرا علم و فن کار است دایم
ترا بیرنگی ها و خامشیهاست

تو صاف و ساده و ما شوخ و شنگیم
تو گمراهی و ما را راه پیداست

ز هر گامی که در راهت گذارم
خط و خالم به رخسارت هویداست

سر و کارم بود با شعر و شاعر
ادیب و عالم و شاعر ز من خواست

کتاب و مکتب و مسجد و معلم
بود از فیض من گر سر به بالاست

نبودم من اگر، عالم نبودی
سخن هایم نمودی هر کژی راست

بدو کاغذ بگفتا صاف و ساده
صدا هرگز نه از یکدست برخاست

Nafisa Khochnasib

Duel

La plume déclara un beau jour au papier :
« De mes efforts, tes formes et tes courbes te viennent

Et l'art et la manière de tout temps m'appartiennent
Le terne et le muet en titre te reviennent

Tu es plat et simple, moi je suis gaie, enjouée
Tu es dans l'errement, moi, ma ligne est tracée

Chaque foulée que j'imprime sur ta surface
Fait resplendir mes arabesques sur ta face

Poèmes et poètes sont ceux que je côtoie
Lettrés, bardes et savants, tous procèdent de moi

Livres et enseignants, lieux de culte, de science
Tous ont la tête haute par ma seule présence

Le monde ne serait point si moi, je n'existais
Et sur la vérité, l'erreur l'emporterait »

Simple, innocent et pur, le papier répondit :
« Aucun son par le vide ne peut être transmis

تو نقاشی و من نقشت پذیرم
که بی من کی خط و خال تو برخاست

جهان یکسر ز اضدادات آباد
جهان یا رب بدینگونه چه زیباست

Tu es l'artiste, oui, mais je suis ton support
Sans moi se pourrait-il que ton art ressorte ?

Les contraires qui s'opposent fécondent notre monde
Ah Seigneur, qu'il est beau comme tu l'as fait, ce monde ! »

پروین پژواک

انتظار

با ما شب ها ستاره ها
از درد می سوزند
با ما شب ها ابرها
از غم می گریند
با ما شب ها برگ ها
از ترس می لرزند
با ما شب ها بادها
از خشم می وزند
و ما درین شب های تاریک
لبریز فریادهای بیصدا
با مشعل های دعا
در انتظار سحریم ...

Parvin Pejvâk

Attente

La nuit, les étoiles
Brûlent de douleur avec nous
La nuit, les nuages
Pleurent de chagrin avec nous
La nuit, les feuilles
Tremblent de peur avec nous
La nuit, les vents
Soufflent de rage avec nous
Et nous, dans les ténèbres de ces nuits
Débordant de cris sans voix
Avec la torche de nos prières
C'est l'aube que nous attendons…

Postface

Que leurs voix demeurent

Je suis afghane, il est donc légitime
Que sans cesse je parle en cris[1]

La première fois que j'ai entendu ce cri, c'était il y a vingt ans déjà, lors d'une soirée de présentation de l'anthologie *Che'ré zanân-é Afghânestân* (« Anthologie des femmes poètes d'Afghanistan ») publiée aux éditions Khavaran. L'armée américaine venait d'entrer en Afghanistan, le monde découvrait soudain l'ampleur de l'oppression faite aux femmes sous les Talibans ; et moi je découvrais, ébahie, que dans ce pays réputé imprenable, l'Afghanistan, ne vivaient pas seulement un peuple de guerriers farouches, mais aussi un nombre inouï de femmes qui composaient de la poésie – et quelle poésie ! Des femmes *afghanes* dont la voix s'était faite cri et qui ne cessaient de témoigner qu'en persan, *afghân* veut dire à la fois « relatif à l'Afghanistan » et « le cri ».

J'ai reçu ce cri en plein cœur et je me suis sentie reliée à ces voix porteuses d'une ancestrale douleur et d'un incommensurable désir. Ces voix venues d'un ailleurs, au-delà des frontières de l'Iran, me parlaient dans une langue familière, la langue des poètes persans classiques, cette langue que l'on appelait le « persan dari », au temps où nous n'avions pas encore été divisés entre locuteurs persanophones et locuteurs du dari, au temps où nous ne faisions qu'un, où nous ne faisions qu'une. J'ai reconnu dans toutes ces femmes des « voix-sœurs »[2]. Et j'ai pensé à une autre poétesse, iranienne, celle-là, Forough Farrokhzâd (1934-1967), dont

1 Nâdiâ Anjuman, « Afghane », p. 33.
2 Laylâ Serâhat Rowchani, « Reconstruis-moi », p. 159.

l'œuvre m'accompagnait depuis longtemps. Au fur et à mesure de ma lecture de l'*Anthologie*, je me suis rendue compte qu'à partir des années 1960, Forough n'a pas seulement inspiré la poésie « nouvelle » en Iran, mais que son influence a été déterminante dans l'émergence de la poésie moderne en Afghanistan et sans doute, au-delà, dans tous les espaces persanophones. Si son influence s'est étendue à toute la poésie – celle des hommes comme celle des femmes – en raison des voies poétiques qu'elle a ouvertes, il reste que sa voix singulière, résolument liée à sa condition de femme, est entrée en résonance avec la conscience de toutes ces autres femmes héritières de la même langue, de la même tradition poétique et aux prises avec les mêmes limitations imposées à leurs désirs. Car Forough Farrokhzâd a pris possession de la langue poétique pour crier sa frustration et sa colère autant que pour affirmer son droit à la parole et à l'expression de ses aspirations les plus intimes. Elle est cette figure qui témoigne de ce que peut, de ce que doit la poésie dans un contexte où la femme est invisibilisée, exclue de l'espace public, niée dans son existence propre et réduite au silence :

Ne scelle pas mes lèvres au cadenas du silence
Car il me faut dire mes secrets
Et que je fasse entendre au monde entier
Le crépitement enflammé de mes chants

Ces vers, extraits de son recueil *Rébellion*, pourraient servir d'exergue non seulement à l'anthologie présentée ici mais à tous les recueils de poésie composés en langue persane par des femmes, ses héritières directes comme celles qui l'ont précédée. Car, à lire ces poétesses, on a l'impression que la chronologie ne compte pas plus que les frontières : du dixième siècle à nos jours, de Balkh à Chiraz, de Delhi à Istanbul, elles parlent d'une seule voix. Dans une infinie variété de styles, de formes, de couleurs, elles manifestent l'aspiration la plus haute : entrer en poésie pour dire à la fois l'indicible souffrance et les jouissances intimes, briser les tabous et prendre son envol par la magie du Verbe :

Sortie de l'étroitesse de ce corps étau
Mon existence désirait commencer son infini
Une puissance cachée au tréfonds de ma langue
Voulait se dire comme un secret sortilège, en rimes
Bien des mots colorés qui en mon pays d'imaginaire
Ouvrant les ailes, voulaient s'envoler dans un désir
Avec le papier et la plume, quelle fête quand
Hier dans la nuit mes lèvres voulaient en un murmure s'ouvrir[3]

Mais on n'entre pas en poésie impunément quand on est une femme ; combien d'entre elles ont payé le prix fort pour les transgressions dont elles se sont rendues coupables, pour avoir voulu lever le voile sur l'intimité de leur conscience et dénoncer l'iniquité des lois patriarcales qui les assignent à résidence dans le silence. À commencer par la toute première femme poète de langue persane, Râbe'a Balkhi, qui fut condamnée par son propre frère, gouverneur de la ville de Balkh, aujourd'hui en Afghanistan, à avoir les veines ouvertes jusqu'à ce que mort s'ensuive pour s'être éprise d'un homme qui n'était pas de son rang. Plus encore, pour avoir exprimé cet amour en des vers vibrants de désir.

Les rares biographies de poétesses dont nous disposons évoquent immanquablement l'oppression dont celles-ci ont été victimes jusqu'à l'effacement de leur nom, la disparition de leurs œuvres et l'oubli de leur existence même. Ainsi, Mâgué Rahmâni[4] note-t-elle dans *Parda nechinân-é sokhangouy*[5] : « Quand nous nous penchons sur les noms de plume des

3 Nâdiâ Anjuman, « Murmure », p. 189.

4 Mâgué Rahmani (1911-2001 ?) est une féministe activiste, militante des droits de l'homme et de la démocratie, femme politique, essayiste et nouvelliste afghane qui a farouchement combattu pour les droits de la femme en Afghanistan et qui a finalement été contrainte à l'exil. Elle a écrit sa biographie des femmes poétesses de langue persane alors qu'elle était elle-même assignée à résidence et forcée durant quelques temps à porter le *chadri*.

5 Littéralement : « Femmes recluses couvertes d'un voile qui ont composé une œuvre », que l'on pourrait traduire par « Derrière le voile, les mots ». Il s'agit de l'ouvrage

femmes poétesses, nous voyons que la plupart d'entre elles font allusion à leur réclusion et au voile dont elles sont recouvertes : Hedjâbi (« celle qui porte de hijab »), Makhfi (la cachée »), Mastoura (« la voilée »), Mahjoub (celle qui est recouverte d'un hijab »), Nahâni (« la secrète ») etc. Ces noms de plume témoignent de la situation de celles qui les portaient à savoir qu'elles étaient des femmes retirées du monde et de la vie sociale ; les femmes ont été à toutes les époques soumises au joug et à l'oppression des hommes, privées de leurs droits fondamentaux et sociaux. La culture dominante considérait l'éducation des femmes comme inutile et dangereuse et limitait leur champ d'action à servir leurs maris et à s'occuper des enfants. »[6]

Si malgré toutes ces limitations, des femmes ont eu accès à la culture et à la poésie depuis l'émergence de la littérature persane, il reste que leurs œuvres ont été perdues et l'histoire n'a presque rien retenu d'elles si ce n'est quelquefois un nom, quelques vers épars et des légendes où elles apparaissent comme des femmes de mauvaise vie pour peu qu'elles aient exprimé la puissance de leurs désirs. Publier pour une femme, signifie devenir une femme publique. Les codes de l'honneur des hommes qui régissent la pudeur des femmes imposent dans un même mouvement, le voile et l'effacement, le silence et la réclusion.

L'absence de sources et la disparition des traces rend bien difficile l'accès aux textes et le travail de recherche sur les pratiques littéraires des femmes à travers les siècles. Ce n'est que très récemment que les femmes se sont mises à publier massivement en littérature de langue persane, et que la valeur de leurs œuvres est reconnue à égalité avec les productions des hommes. Il n'en reste cependant pas moins qu'elles sont encore largement inconnues au-delà des cercles de lettrés de leurs pays d'origine. Et qu'en Afghanistan en particulier, la situation des femmes

de référence sur la biographie des femmes poétesses de langue persane, publié en 1952 à Kaboul.

6 *Parda nechinân-é sokhangouy*, édition revue et corrigée par Fatemeh Sâdeqi, Téhéran, Nachr-é Negâh, 2014 ; p. 17 et 18.

artistes demeure extrêmement préoccupante. Je pense à toutes celles qui ont été condamnées à mort ou à l'exil, celles qui ont été – qui sont toujours – emprisonnées, fouettées, battues à mort, poussées au suicide ou tout simplement réduites au silence. Aujourd'hui encore, à l'heure où j'écris ces lignes, combien de femmes ont disparu corps et âme sous « l'ignoble *chadri* »[7] et sont interdites de sortir de chez elles, de prendre la parole en public, de publier ? Combien de petites filles ne deviendront jamais poétesses ou astronomes car elles sont privées de l'instruction la plus élémentaire ? Ce n'est sans doute pas un hasard si, en Afghanistan, tant de femmes écrivaines sont aussi des activistes féministes engagées dans la défense des droits humains, des combattantes, des femmes qui ont eu quelquefois des responsabilités politiques ou sociales avant que le fanatisme religieux ne vienne fracasser leur rêve d'une société plus égalitaire, d'un pays où les femmes pourraient circuler librement, la plume et les cheveux au vent. Dans un article consacré à la poétesse Nafisa Khochnasib, intitulé « Les voix perdues », la critique littéraire Partow Nâderi remarque : « Et c'est ainsi que chacune [des poétesses afghanes] s'est retrouvée sur un rivage différent. Certaines d'ailleurs n'ont atteint aucun rivage et elles se sont tues dans le flot des vagues de sang. D'autres ont mis un sceau sur leur bouche, ou nous devrions plutôt dire qu'on leur a donné un coup de poing dans la bouche pour qu'elles se taisent ! Mais un certain nombre d'autres [...] sont devenues le cri de leur propre existence et elles se sont mises à composer des poèmes, prenant ainsi leur revanche sur toute cette tyrannie. »[8]

L'immense mérite de *L'anthologie de la poésie des femmes afghanes* établie par Massoud Mirshâhi est d'avoir réuni près de deux cents poèmes composés dans tous les styles et à toutes les époques par plus d'une soixantaine de poétesses. Cela permet de mettre en valeur à la fois une certaine continuité littéraire et la singularité de chaque voix, mais aussi

7 Mastoura Afghân, « Juqu'à quand ? », voir p. 27.
8 Partow Nâderi, *Sédâhâ-yé gomshodé* (« Les voix perdues »), blogfa.com

de constater que cohabitent parfois chez la même poétesse des poèmes de facture classique et des textes formellement plus modernes. Enfin, la lecture de ces morceaux choisis pour leur qualité littéraire et leur force est aussi une expérience très intense qui a suscité chez moi une identification inexplicable. Je n'ai jamais vécu personnellement ce degré d'oppression ni les souffrances inouïes de la guerre, la division, l'exil en des terres inconnues, la dévastation des corps et des âmes et pourtant, ces femmes m'ont fait entrer par leurs mots, dans leur indicible douleur. Je n'ai jamais foulé la terre afghane et pourtant, elles m'ont invitée à l'habiter poétiquement. Enfin, elles m'ont emmenée sur des sentiers nouveaux où j'ai beaucoup appris sur la manière dont la poésie permet d'exposer la violence et déployer les puissances du désir sous toutes ses formes. Plus tard, j'ai découvert d'autres voix, celle de Nâdiâ Anjuman, la poétesse assassinée[9], ou celles plus récentes de Karima Chabrang, Maryam Sepehr ou Mahtâb Sâhel[10] qui ont l'âge d'être mes filles, et dont la maturité formelle et émotionnelle est proprement saisissante. C'est cette aventure intérieure que j'ai voulu partager avec le public francophone en traduisant une sélection des poèmes inclus dans *l'Anthologie* et quelques autres trouvés dans divers recueils.

Mais le travail de traduction a pris un tour inattendu. Je ne m'imaginais pas que j'allais devoir prêter ma propre voix aux voix qui résonnaient si puissamment en moi. Il s'agissait de revivre dans les mots du français

9 Je dois cette découverte à Atiq Rahimi qui dédie son livre *Synghe Sabour* (P.O.L, 2007) – pour lequel il recevra le Goncourt 2008 – à cette très jeune poétesse battue à mort par son mari pour avoir voulu présenter publiquement son premier recueil de poésie, *Gol-é Doudi* (paru à Kaboul en 2004). En 2010, nous avons donné ensemble un récital intitulé *Le cri des femmes afghanes* au Théâtre de la Ville. Pour ce récital, Atiq Rahimi m'a aussi donné à lire d'autres recueils de poésie féminine afghane. Le travail de traduction que j'avais fait à cette occasion a été la base de cette anthologie.

10 Je dois la découverte de ces poétesses contemporaines à mon amie et collègue Belgheis Jafari, elle-même professeure de littérature exilée en France à la suite du retour des Talibans au pouvoir. C'est elle qui m'a communiqué les textes pour la traduction ainsi que la biographie de leurs autrices.

le bouleversement ressenti à la lecture du persan. Il s'agissait non plus seulement d'être dans l'écoute mais de se laisser féconder par ces mots, par cette musique, par ces visions, cette douleur souvent, mais aussi par l'espérance, la joie malgré tout, et la jouissance de cheminer poétiquement dans les langues. Je ne pouvais pas rester extérieure. Il me fallait parler de l'intérieur, comme si je nous remettais au monde.

L'un des points communs entre toutes ces femmes est leur foi dans la parole poétique comme arme de résistance, espace de liberté, moyen d'action. Là où elles ne maîtrisent plus leur vie, il leur reste le langage pour la dire. Dans les mots du poème, elles se sentent vivantes, vibrantes, invincibles même. Dans cet espace, elles peuvent tout dire, même le blasphème, le tabou et l'interdit. De cela aussi, il fallait rendre compte dans la traduction. Cette parole donc, je l'ai recueillie en moi, je l'ai méditée, je l'ai désirée pour pouvoir ensuite la faire mienne en français, la transmettre le plus fidèlement possible, non pas comme lettre morte mais comme parole vive et vivifiante.

Aujourd'hui, je ferai advenir de moi-même un dieu
Et du vaste silence, je ferai advenir une voix
Au bout de mille années de silence et de solitude
J'ai trouvé quelqu'un et je ferai advenir ma voix[11]

Toute anthologie est évidemment subjective, et j'ai déjà des regrets de tous les textes que j'aurais pu donner à lire ici mais qui sont absents. Pour bien faire, il aurait fallu dix fois plus de poèmes, d'autres autrices encore, sans jamais pouvoir prétendre à l'exhaustivité pourtant. Malgré les déchirements qu'impose un tel choix, il était nécessaire de poser une limite afin de rester dans des dimensions raisonnables et de laisser aussi la place aux textes en persan. Étant donnée la difficulté d'accès aux poèmes, il eût été dommage de ne pas offrir la possibilité à celles et ceux qui lisent

11 Nafissa Khochnasib, citée par Partow Nâderi dans *Sédâhâ-yé gomshodé* (« Les voix perdues »), blogfa.com.

le persan, de pouvoir lire aussi l'original, en espérant un jour les faire entendre dans une version enregistrée. Le classement thématique, quant à lui, a tout naturellement découlé du choix des textes. Il permet de cheminer à travers les diverses voix et les différents styles comme dans une œuvre unique qui commencerait par l'évocation de la femme afghane et des oppressions par elle subies, pour finir par les espérances qu'elle nourrit, en passant par la description des souffrances de la guerre, l'amour du pays et les brûlures du désir. Plus je lis ces poèmes, plus j'ai l'impression d'entendre, par-delà la multiplicité des tons, une seule voix, celle des femmes afghanes, celles des femmes tout court, celle de tout être humain qui aspire à se libérer des chaînes qui entravent son envol par la magie d'une voix qui se lève, qui se donne et qui demeure :

> *Seule la voix demeure ; il n'y a que la voix, la voix qui fusionnera dans les atomes du temps*[12]

Oui, seule la voix demeure longtemps après que les corps se sont tus. Elle perpétue la vie à chaque fois qu'elle est donnée à entendre. Elle déchire le silence et défie l'ignorance. Elle devient nôtre dans la traduction, dans la lecture. Ou peut-être a-t-elle toujours été nôtre et fallait-il ce cri pour que nous puissions l'entendre au plus intime de nous-même ?

Leili Anvar,
avril 2022.

12 Forough Farrokhzâd.

Note sur la traduction

Les poèmes choisis pour cette anthologie ont été composés en persan *dari*, c'est-à-dire le persan dit d'Afghanistan mais qui, dans sa forme littéraire, écrite, est la même langue que le persan d'Iran. S'il existe des écarts, ils sont dans la prononciation et dans certains mots ou tournures d'usage courant, différents d'un côté et de l'autre de la frontière, mais compréhensibles par les uns et par les autres moyennant un petit effort d'ajustement. Pour moi, cette frontière est fictive car elle relève de la politique, alors que la langue – notre langue commune – est notre réalité partagée ; elle est notre patrie – la seule qui vaille – et elle fait de nous un seul peuple. L'autre langue poétique des femmes afghanes est le pashto mais à celle-là, je n'avais pas accès et je n'ai donc pas pu la traduire. J'espère de tout cœur qu'un autre recueil réunira des poèmes composés dans cet idiome et donnera à entendre cette autre voix qui rejoint toutes les autres dans le grand fleuve de la poésie féminine.

Fidèle à ma conception de la traduction poétique, j'ai essayé de rendre compte non seulement du sens des poèmes mais aussi de l'expérience sensorielle et émotionnelle dont ils sont porteurs, en évitant au maximum d'avoir recours à des notes. Quand cela était inévitable – dans le cas des jeux de mots par exemple ou des allusions à des événements ou des coutumes précises –, j'ai donné en note des explications pour éclairer le propos. Certains poèmes sont de facture « classique » dans le sens où ils sont composés dans des formes régies par des règles possibles, quand d'autres relèvent de ce que l'on appelle en persan « la poésie nouvelle », composée en « vers blancs ». J'ai essayé de rendre compte de ces différences stylistiques qui imposent une musicalité particulière, tout en maintenant la fidélité à ce qui me semblait être le propos principal. La poésie classique persane est fondée sur le *beyt*, ou distique, et chaque *beyt* est divisé est deux hémistiches. La rime se trouve soit à la fin de chaque *beyt*, et ce sera la même tout au long du poème, soit en rime interne à la fin de chaque hémistiche. J'ai essayé, autant que faire se peut, de garder la cohérence musicale et l'architecture générale que la rime permet d'édifier, mais sans jamais forcer le sens. Pour cela, j'ai souvent remplacé les rimes par des assonances ou des allitérations. Quand cela était possible en français, j'ai essayé de garder aussi une certaine unité rythmique, de même que l'organisation visuelle de chaque poème (particulièrement pertinente dans les poèmes de style « nouveau »). En réalité, j'ai osé une réécriture poétique en partant d'une analyse attentive de tous les éléments mis en œuvre par les autrices. J'ai essayé d'entrer dans leur univers mental et émotionnel, et d'exprimer ce qu'elles m'ont fait vivre dans la langue d'arrivée. J'espère qu'elles me pardonneront les infidélités de la lettre au nom de la fidélité à l'esprit, qui me semble être *in fine*, l'essentiel dans toute œuvre poétique.

Dans ce même esprit, les titres ont été quelquefois changés pour mieux représenter la quintessence du poème. Dans le cas où il n'y avait pas de titre, le titre français reprend soit le premier vers du poème, soit un mot-clé ou une expression particulièrement heureuse.

En persan, il n'y a pas de genre, de sorte que les *khânandeh* sont à la fois les lecteurs et les lectrices. Alors, j'espère que les *khânandeh* français ressentiront au moins une part de la beauté de ces textes, et qu'ils partageront ces émotions que les poétesses afghanes m'ont fait vivre dans leurs mots. Mais ce terme signifie aussi « chanteur » et « chanteuse ». Dans le cas présent, j'espère que la lecture de ces chants se fera chant et que ces voix trouveront un écho auprès de ceux et de celles qui les recevront au creux de leur oreille.

Note sur la transcription

La transcription adoptée pour écrire les noms et les mots persans est la plus naturelle possible afin de simplifier la tâche du lecteur et d'être au plus près de la prononciation d'origine. Elle respecte la prononciation afghane :

â se lit comme un *a* fermé et correspond à la voyelle longue qui s'écrit avec un *alef*

û se lit *ou* et correspond à la voyelle longue représentée par le *vâv*

kh se lit comme la jota espagnole

q correspond à un son entre *k* et *r*

gh correspond à un son entre *r* et *k*

Notes de la traductrice

PAGE 19

Nafissa Azhar, « Saison du désespoir »

1. « je ne sens que le pire » : Littéralement « des boutons du printemps, je ne sens que le parfum du *ya's* », c'est-à-dire de la « déception » ou du « désespoir ». Il y a là un jeu de mot car *yâs*, le jasmin, a la même graphie que *ya's* et *bou-yé yâs* : le « parfum du jasmin » est un parfum courant alors que *bou-yé ya's*, le « parfum du désespoir », est une invention poétique de la poétesse.

PAGE 21

Mahbûba Ebrâhimi, « Majnûn et Layli »

2. Majnûn et Layli : Il s'agit des protagonistes de la tragédie amoureuse la plus célébrée en littérature persane. Majnûn, dont le nom signifie littéralement le « possédé, « le fou » tombe éperdument amoureux de Layli à la beauté légendaire, figure de la femme idéale. Mais comme il chante cet amour dans des poèmes, le père de Layli refuse de lui accorder la main de sa fille et c'est ainsi que celui qui au départ s'appelait Qais devient Majnûn. Il déchire ses habits, quitte la compagnie des hommes et va vivre dans le désert avec les bêtes sauvages (ses seuls amis), ne se nourrissant plus que du souvenir de l'Aimée et de la poésie. Jamais les amants ne pourront se rejoindre dans ce monde. Ce n'est que dans la tombe qu'ils seront réunis. La poétesse prend ici la légende à rebours, refusant les stéréotypes qui lui sont attachés.

PAGE 27

Mastoura Afghân, « Jusqu'à quand ? »

3. « nous, les femmes voilées » : « Femmes voilées » est la traduction de *zanâné mastoureh*. Cet adjectif est aussi le nom de plume de la poétesse (Mastoura), nom qui signifie littéralement « la voilée ». Les adjectifs étant invariables, singulier et pluriel ont la même forme. Le nom de la poétesse se fond donc dans les collectifs des « femmes voilées », sans visage et sans voix, qu'elle représente.

PAGE 31

Shâh Bibi Nâla, « Femme »

4. « tu gémis » : Le verbe *nâlidan* qui signifie « gémir », « exhaler une plainte », est aussi une allusion au nom de plume de la poétesse, Nâla, qui signifie la « plainte ».

PAGE 33

Nâdiâ Anjuman, « Afghane »

5. « Afghane » : Le titre originel de ce poème est « 'abas », littéralement « en vain », mais en raison du jeu de mot final *afghân/faghân* (« afghane »/« cri »), il nous a semblé qu'en français, ce titre-là était plus pertinent.
6. « je parle en cris » : Paronomase *afghân* (« afghane ») / *faghân* (« cris »).

PAGE 37

Maryam Sepehr, « Pour Farkhonda »

7. Pour Farkhonda:
   Allusion à Farkhunda Malikzada, femme afghane de vingt-sept ans assassinée en public, à Kaboul, le 19 mars 2015, par une foule qui l'accusait de blasphème. Son assassinat, diffusé sur les réseaux sociaux, ainsi que les accusations mensongères dont elle fut victime, provoquèrent de nombreuses réactions en Afghanistan et ailleurs dans le monde.

PAGE 41

Châyesta Vahdat, « À t'attendre »

8. « les yeux de Châyesta, ouverts dans la dignité »:
   Jeu de mots sur *châyesta* qui veut dire « digne » mais qui est aussi le nom de plume de la poétesse.

PAGE 69

Khâleda Niyâzi (Lahib), « Ville tumulte »

9. « désorientés »:
   Littéralement, « ville au *mihrâb* de prière à l'envers »; le *mihrâb* (ou niche de prière) étant un élément architectural qui permet d'indiquer la direction de La Mecque et donc d'orienter la prière musulmane.

PAGE 85

Râbe'a Balkhi, « Le printemps de Balkh »

10. « Multicolorent l'herbe en magie bigarrée »:
    Littéralement: « l'herbe a pris une couleur semblable à *Arjang* », *Arjang* étant le nom d'un livre légendaire, voire magique, merveilleusement illustré, et attribué au prophète et peintre Mani.
11. « embaumé »:
    Littéralement « embaumé de musc » car la gazelle du Tibet renvoie à la gazelle à musc dont on tire la précieuse et odorante substance, si prisée en poésie persane.
12. « Layli »:
    voir ci-dessus note 2.

PAGE 107

Mahtâb Sâhel, « Combien de pleurs encore »

13. « ils se sont mis à danser »:
    Littéralement « ils ont jeté le Atan » (*atan andâkhtand*), c'est-à-dire qu'ils ont entamé une danse folklorique pashtoon qui exprime la joie.
14. « mille guerriers prêts à se soulever »:
    Littéralement mille « Khâleq », allusion à Abolkhâleq Hazâra, chef de tribu des Hazâra d'Afghanistan et figure de la résistance et de la lutte de ce peuple contre l'oppression. Il a participé à l'assassinat du roi Mohammad Nader Shâh d'Afghanistan en 1933.

PAGE 117

Soraya Vâhedi, « Secrètes flammes du désir »

15. « Secrètes flammes du désir »:
    Référence au distique de Rûmi: « Ô toi qui vas caché comme l'âme, au plus profond de mon âme/Tu es mon cyprès élancé, fécondité de mon jardin »

PAGE 119

'Âyecha Afghân, « Stupéfaction »

16. Majnûn:
    voir ci-dessus note 2.

PAGE 121

'Âyecha Afghân, « Attente »

17. « nature infidèle » : Littéralement, « ayant l'attribut chrétien ». En poésie persane, le chrétien représente un être de beauté qui appartient au monde des « infidèles » et ensorcelle l'amant (croyant fidèle de l'Islam) au point de lui faire renier sa foi. Ici, il y a un jeu avec ce personnage de l'aimé à la fois *tarsâ* (« chrétien ») et *houri* (« ange » du paradis musulman).

PAGE 127

Maryam Sepehr, « À nouveau »

18. « l'espoir d'être consolé » : En persan, il n'y a pas de genre. Dans la scène de l'amour, la poétesse confond les rôles et brouille les repères pronominaux. Aussi avons-nous conservé le masculin qui doit ici être entendu comme un neutre. L'amant, l'aimé sont des rôles qui peuvent être endossés par une femme ou par un homme.

PAGE 135

Chafiqa Dibâj, « Baiser du soleil »

19. « Je deviens plus éclatante qu'une perle précieuse » : La rime de chaque distique, *âb michavam* ou *michavam* qui signifie « je deviens », est précédée d'un mot qui se termine par la sonorité *âb* : *bitâb* (« impatiente »), *khâb* (« sommeil »), *simâb* (« vif-argent »), *âb* (« eau »), *châdâb* (« joyeux »), *tâlâb* (« lac »), *mahtâb* (« clair de lune »), *nâyâb* (« rare, précieux »). Lorsqu'il est employé seul, *âb* signifie « eau ». Par ce jeu sur les mots, tout ce que devient la poétesse par la magie de l'aimé, contient musicalement le mot « eau » qui renvoie à la fois aux larmes et à la fécondité.

PAGE 145

Hamida Mirzâda Hossayni, « Perdu »

20. « tous les degrés du ney » : Le ney est la flûte de roseau dont le son grave et déchirant rappelle la plainte de la voix humaine. Les « degrés » du ney sont les nœuds qui constituent la flûte de roseau et qui figurent les « degrés » de la gamme des notes.
21. « la roselière » : La roselière, ou jonchaie, est la terre où poussent les roseaux dont on fait les neys. Depuis Rûmi (1207-1273) et l'ouverture de son grand poème narratif, le *Masnavi*, dans laquelle il évoque la complainte du ney arraché à son origine, la roselière est devenue la métaphore par excellence de la patrie originelle perdue.
22. « c'est le parfum pourpre de l'union que j'ai perdu » : Littéralement « j'ai perdu le parfum de l'union avec l'arbre de Judée (qui est de couleur pourpre) ». Il y a là un jeu de mots car le terme *bouy* désigne à la fois le parfum et le désir. Perdre le parfum de quelque chose, c'est le perdre de vue.

PAGE 167

Nâdia Fazl, « Arbre de l'imaginaire »

23. « Le démon » : Il s'agit plus précisément du démon *'Efrit*, qui passe pour être particulièrement puissant et nuisible aux humains.

Notices biographiques

Le sort fait aux femmes qui écrivent en Afghanistan, le contexte éditorial, l'exil, la clandestinité, le fait même que certaines femmes aient recours à un pseudonyme ont rendu la collecte d'informations particulièrement difficile. C'est la raison pour laquelle ces pages de présentation connaissent quelques manquements.

Zarghûna 'Obeydi

Elle est née en 1958 à Kaboul. Elle a fait ses études de médecine à Kaboul où elle a travaillé quelque temps, avant de s'exiler en Allemagne. Parallèlement, elle compose de la poésie et écrit des nouvelles, passion qui l'habite depuis son plus jeune âge. Le recueil de ses poèmes s'intitule *Faryâd-é sokût* (« Le cri du silence »).

'Âyecha Afghân

Née à la fin du XVIIIe siècle à Kaboul, elle aurait achevé son recueil de poésie (*divân*) en 1818 mais celui-ci n'a été publié qu'en 1926. Son œuvre est de facture tout à fait classique et se compose essentiellement de *ghazals* (poèmes lyriques).

Mastoura Afghân

Mastoura Afghân (« l'Afghane recouverte d'un voile ») est le nom de plume de Zobayda Afghân, née en 1908 à Kaboul. Elle fait partie de ces jeunes filles qui ont bénéficié de la scolarisation dans le cadre des réformes de l'Afghanistan au début du XXe siècle. Elle s'est engagée très tôt dans le combat pour les droits des femmes dans le cadre de la Ligue des femmes afghanes. Elle a aussi dirigé l'école de couture de Kaboul. Morte en 1974 à Kaboul, elle n'a laissé que quelques poèmes, qui n'ont jamais été réunis dans un volume.

Nâdiâ Anjuman

Née en 1980 à Hérat, Nâdiâ Anjuman est morte le 4 novembre 2005 des suites de blessures infligées par son mari. Elle avait étudié la poésie et commencé à publier des poèmes dans la clandestinité, sous les Talibans. Son premier recueil de poésie *Golé Dûdi* a été publié à Hérat en 2004, puis réédité à titre posthume à Kaboul. Il semblerait que cette activité poétique ait été la cause de la dispute conjugale qui a entraîné sa mort, même si l'affaire a été classée sans suite et sa mort enregistrée comme « suicide ».

Homâ Âzar

Homâ Mohtassebzâda – de son nom de plume Homâ Âzar (littéralement « le feu ») – est née en 1951 à Hérat. Elle a commencé à publier dans des revues littéraires de Hérat dès l'âge de vingt ans. Elle est diplômée en littérature persane de l'Université de Kaboul. Elle a quitté son pays natal en 1995 et s'est exilée en Allemagne. Elle a cependant publié son premier recueil de poésie, *Koumeh dar koulâk* (« La chaumière dans la tempête ») en 2006 à Hérat.

Nafissa Azhar

Nafissa Azhar, dont nous ignorons la date de naissance, a obtenu un doctorat d'histoire du droit en Russie, après avoir fait ses études secondaires en Afghanistan. Elle a été nommée membre de l'Académie des sciences, à Kaboul où elle a vécu quelques années. Elle a publié son premier poème dans une revue à Kaboul en 1981.

Chakilâ 'Aziz-zâda

Née en 1964 à Kaboul, Chakilâ 'Aziz-zâda est poétesse, nouvelliste et dramaturge. Depuis qu'elle a vingt ans, elle vit et publie aux Pays-Bas où plusieurs de ses pièces de théâtre ont été mises en scène. Son premier recueil de poésie s'intitulait *Sangui dar âbguina* (« Une pierre dans le miroir ») et c'est en 2003 qu'est paru son recueil de poésie intitulé *Yâd az hitch* (« Souvenir de rien »).

Râbe'a Balkhi

Probablement la première femme poète en langue persane, Râbe'a Balkhi a vécu au Xᵉ siècle, sous le règne des Samanides. Elle fait partie des très rares femmes dont le souvenir est resté vivant et dont l'histoire est racontée dans les biographies de poètes, même si son œuvre a été presque entièrement perdue. La légende qui entoure sa vie rapporte qu'elle excellait en poésie comme dans la peinture et la musique et qu'elle était en même temps une cavalière émérite. Tombée amoureuse d'un homme de rang inférieur au sien, elle entretint avec lui une correspondance sous forme de poèmes enflammés. Découverte par son frère, alors gouverneur de Balkh, elle fut condamnée à mort. Elle est une figure vénérée en Afghanistan et son tombeau dans la ville de Balkh est un lieu de pèlerinage pour tous les amoureux de poésie.

Khâleda Bârech

Khâleda Tahsin Bârech est née en 1970. Licenciée de littérature de l'Université de Kaboul, elle a commencé très tôt à composer de la poésie, passant d'un style d'abord très classique à la « poésie nouvelle » qui a recours aux vers blancs. Elle a publié à Kaboul un recueil de poésie lyrique sous le titre *Abr-é kûtchaké ghazal* (« Le petit nuage du *ghazal* »).

Shâh Bibi Nâla

Née en 1947 à Kaboul, elle a étudié le journalisme à l'Université de Kaboul puis enseigné pour l'Association des femmes afghanes. Elle a quitté l'Afghanistan pour le Royaume-Uni en 1981.

Karima Chabrang

Elle est née en 1986 à Peshawar. Elle est retournée dans le nord de l'Afghanistan pour y poursuivre ses études secondaires à une époque où, malgré le premier gouvernement taliban, il était encore possible pour les filles d'aller au lycée. En 1994, elle est entrée à l'Université de Kaboul pour y étudier la littérature. C'est à la même période qu'elle s'est mise à la composition de poèmes dans la tradition de la « poésie nouvelle », c'est-à-dire essentiellement en vers blancs. Elle a publié à ce jour cinq recueils de poésie dont le premier, *Farâssû-yé badnâmi* (« Par-delà la mauvaise réputation »), paru en 2001, lui a valu des menaces de mort. Ont suivi *Pelehâ-yé gonâhâlûd* (« Les marches souillées de péchés ») en 2004 ; *Nagoftehâ-yé ahûrâyi* (« Les non-dits divins ») en 2006 ; *'Ankabûd dâm mibâfad* (« L'araignée tisse son piège ») en 2008, et *Âtachbas bâ che'r* (« Cessez-le-feu avec la poésie ») en 2011. Ses poèmes évoquant de manière crue les désirs érotiques féminins, elle a dû vivre en retrait du monde et subir le rejet de la société, rejet dont sa famille a également été victime, à tel point que sa petite sœur a été poussée au suicide. Finalement, de guerre lasse, elle a dû quitter l'Afghanistan et vit aujourd'hui en exil en Turquie avec son époux et ses deux enfants.

Mahbûba Ebrâhimi

Née à Kandahar en 1977, Mahbûba Ebrâhimi a émigré en 1980 avec sa famille en Iran où elle s'est spécialisée dans la santé publique. De retour en Afghanistan, à partir de 2000, elle devient chercheuse et documentariste au Centre culturel français de Kaboul. En 2011, elle émigre en Suède où elle vit avec ses enfants et travaille comme professeure. Elle a publié trois recueils de poésie : *Bâdhâ khâharân-é manand* (« Les vents sont mes sœurs », Téhéran, 1990), *Majnûn, Layli va batchahâ* (« Majnûn, Layli et les enfants », Kaboul, 2017) et *Dar âyéna ba dahânam minégari* (« Tu regardes ma bouche dans le miroir », Kaboul, 2021).

Nâdia Fazl

Elle est née en 1966 à Kaboul, où elle a effectué des études de droit. Puis elle a quitté son pays en 1983 et elle s'est installée en Allemagne. C'est à Bonn qu'elle a publié son recueil de poèmes, *Parnyân-é dard* (« La soierie de la douleur »), en 1998. Elle a également travaillé pour des associations d'aide aux réfugiés afghans et contribué à diverses revues féministes et résistantes.

Khâleda Forûgh

Née à Kaboul, où elle a poursuivi des études de littérature à l'Université, elle a travaillé à la radio afghane dont elle était en charge des programmes littéraires. Après la première prise du pouvoir par les Talibans, elle s'est exilée au Pakistan où elle a dirigé la revue *Sadaf*. Après la chute des Talibans, elle est retournée à Kaboul où elle est devenue professeure de littérature à l'Université tout en ayant en charge un programme littéraire sur la chaîne afghane Tolû' (*Kâkhé dorré dari*, « Le palais de la perle du persan »). Très connue et reconnue, elle a publié au moins six recueils de poésie et elle est aussi romancière. Elle poste régulièrement des poèmes sur Facebook (sous le nom de Khaleda Froagh) ; et d'après l'un de ses textes, intitulé « Adieu Kaboul ! », il semblerait qu'elle ait quitté Kaboul en janvier 2022.

Roqia Habib

Elle est née en 1918 dans la région de Tchehel Sotûn. Après des études de sociologie, elle est devenue professeure de lycée. Elle a participé à la rédaction de la constitution afghane en 1927 et devint, quelques années plus tard, députée de Kaboul. Elle a été l'une des premières femmes dont on a entendu la voix sur Radio Kaboul. Elle a écrit de nombreux ouvrages (essais, romans, poésie) et a aussi beaucoup publié en tant que traductrice. Elle a vécu aux États-Unis dans la dernière partie de sa vie mais la date de son décès n'a pas pu être trouvée.

Zahrâ Hossaynzâda

Née en 1980 dans la région de Ghour en Afghanistan. Dès l'âge de deux ans, elle a vécu à Mashhad (Iran), où elle a étudié la philosophie et la théologie. Elle a publié deux recueils de poésie, *Nâma-i az lâla-yé kûhi* (« Lettre d'une tulipe de montagne »), paru en 2004 à Téhéran, et *Palang dar parântez* (« La panthère entre parenthèses »), paru en 2008 à Kaboul et Mashhad. Elle enseigne depuis de nombreuses années la littérature, la logique, la mystique et l'histoire des religions dans divers organismes culturels destinés aux migrants afghans basés à Mashhad. Elle s'occupe aussi de la section « poésie » dans diverses revues de langue et littérature. Elle a remporté plusieurs prix littéraires et publié deux anthologies de poésie.

Fâ'eqa Javâd Mohâjer (Jomi)

Née en 1975 à Kaboul, Fâ'eqa Javâd Mohâjer a étudié les sciences politiques dans son pays, puis elle a émigré en Iran où elle est devenue enseignante. Elle compose de la poésie depuis sa plus tendre enfance et pratique aussi la peinture et la sculpture. Ses poèmes paraissent principalement dans la revue *Al-mo'menât* (revue des femmes afghanes d'Iran).

Forûgh Karimi

Née en 1971 à Kaboul, elle a poursuivi des études de médecine. Elle vit en exil à Amsterdam et publie ses poèmes dans des revues.

Nafisa Khochnasib

Écrivaine, journaliste et poétesse afghane, elle a enseigné le journalisme à l'Université de Balkh de 1994 à 2004. Son œuvre poétique mêle des poèmes de facture classique à la « poésie nouvelle » en vers blancs. Elle a publié un recueil de poésie très remarqué en 2008, intitulé *Daritche-yé del* (« La lucarne du cœur »). Elle a aussi écrit des récits humoristiques et des livres pour enfants.

Meena

Meena Keshwar Kamal, née en 1956 à Kaboul, est une poétesse et activiste féministe qui a fondé RAWA (Revolutionary Association of the Women of Afghanistan). Cette association a pour objectif de lutter pour les droits humains et la justice sociale en Afghanistan et pour la liberté des femmes. En 1981, elle lance un magazine bilingue (en pashto et en dari), *Payâm-é zan* (« Le message des femmes »), qui dénonce la nature criminelle des groupes fondamentalistes. Elle a également créé des écoles pour les enfants réfugiés, un hôpital et des centres de confection artisanale pour les femmes réfugiées au Pakistan. Elle sera assassinée le 4 février 1987 au Pakistan, probablement par des agents de groupes fondamentalistes qu'elle combattait.

Safia Milâd

Journaliste, poétesse, écrivaine et activiste politique pour la liberté de la presse, Safia Milâd est devenue la première femme à la tête d'une agence de presse en Afghanistan. Elle vit aujourd'hui au Canada où elle œuvre pour la création d'une agence d'information indépendante sur l'Afghanistan. Elle publie régulièrement des nouvelles de ses activités sur Facebook.

Sâjeda Milâd

Née en 1949 à Kawthar, elle a étudié l'allemand à l'Université de Kaboul. Elle a passé de longues années d'exil à Peshawar où elle a activement contribué à des revues de défense des droits des femmes en même temps qu'elle travaillait pour la BBC afghane. De retour à Kaboul après la chute des Talibans, elle occupa divers postes ministériels et institutionnels et elle a animé une émission littéraire à la télévision afghane. Elle a publié en 2001 son premier recueil de poésie intitulé *Dar kûtcha hâ-yé âbi-é mi'âd* (« Par les rues bleues de la rencontre »). Elle n'a eu de cesse de combattre pour les droits des femmes dans son pays. Mais, malheureusement, nous n'avons trouvé aucune information nouvelle sur elle depuis 2019.

Hamida Mirzâda Hossayni
Née en 1976 à Hérat, elle a émigré à Oran et exerce désormais le métier de professeure à Mashhad, en Iran. Elle publie ses poèmes dans diverses revues.

Zahrâ Moussavi
Journaliste afghane, essayiste, nouvelliste et activiste des droits civiques, Zahrâ Moussavi vit aujourd'hui en exil à Berlin. Elle œuvre tout particulièrement pour faire reconnaître les droits des femmes et l'égalité de genre. Elle n'est pas poète et le poème traduit dans ce recueil a été composé collectivement à partir d'un texte existant, qu'elle a revu avec Sadâ Soltâni.

Mâhrokh Niyâz
Née en 1956, Mâhrokh Niyâz a fait des études de littérature et de journalisme. Elle a travaillé pour la télévision afghane jusqu'en 1981, date à laquelle elle s'est exilée en Allemagne. En 1996, elle a publié à Peshawar un recueil de poésie intitulé *Neysân-é arghavâni* (« Le printemps aux couleurs pourpres »).

Khâleda Niyâzi (Lahib)
Née en 1967 à Kaboul, elle a étudié le droit en Afghanistan puis à Francfort, en Allemagne, où elle vit en exil depuis 1985. Elle a publié deux recueils de poésie en Allemagne, le premier intitulé *Khâk, kharman, khâkestar* (« Terre, meule et cendre ») en 1999 et le deuxième, intitulé *Az hamicha tâ hanûz* (« Depuis toujours jusqu'à encore »), en 2006.

Parvin Pejvâk
Elle est née à Kaboul en 1967 et elle a étudié la pédiatrie. Elle s'est exilée au Canada en 1992. Elle écrit des poèmes, des nouvelles et des histoires à destination du jeune public. Elle est l'autrice d'un recueil de poèmes intitulé *Margué Khorshid* (« La mort du soleil »).

Fowzia Rahgozar Barlâs
Elle est née en 1955 à Balkh. Diplômée d'études anglaises de l'Université d'Istanbul, elle a travaillé pour le ministère afghan de l'Information et de la Culture, avant de s'exiler en 1979 en Allemagne, où elle a exercé comme journaliste (Radio Free Europe et Radio Liberty). En 1996, elle a émigré aux États-Unis, où elle a étudié la littérature persane. C'est en 1999 qu'elle publie son premier recueil de poésie, *Dyâr-é chegueftihâ* (« Le pays des merveilles ») à Toronto, suivi en 2001 de *Âsémân-é pedaram*. Fowzia Rahgozar a commencé à écrire encouragée par son père, journaliste et écrivain de renom, et elle n'a, de son propre aveu, jamais cessé depuis. Elle est aussi autrice de nouvelles publiées dans des revues et elle aussi beaucoup écrit pour la radio.

Mahtâb Sâhel
Elle est née en 1990 à Kaboul. Diplômée en droit, elle compose de la poésie depuis 2011. Elle a publié à ce jour deux recueils de poésie : *Lâlahâ labhây-é majrûh-é manand* (« Les tulipes sont mes lèvres blessées », Kaboul, 2011) et *Sûra-yé Guissû* (« La sourate de la chevelure », Kaboul, 2017). Elle a remporté plusieurs prix de la poésie persane.

Bahâr Sa'id
Née en 1954 à Kaboul, Bahâr Sa'id a fréquenté le lycée pour filles Râbe'a Balkhi, puis l'Université de Kaboul où elle a étudié la littérature. Elle a obtenu un Master en langues et littérature à l'Université de Téhéran. Après quelques années à Kaboul où elle a publié des poèmes dans des pé-

riodiques, elle a quitté l'Afghanistan pour s'exiler aux États-Unis. Son premier recueil de poésie est paru en Californie en 1994 sous le titre *Shokufa-ye Bahâr* (« Floraison du printemps » – jeu de mots avec son nom Bahâr qui signifie le printemps). Son œuvre est particulièrement érotique car c'est en parlant librement de sexualité et de l'oppression subie par les femmes qu'elle entend mener son combat pour leur libération et le refus de l'ordre patriarcal.

Halima Salimi

Elle est née en 1999, à Badakhchân dans l'Hindukush. Elle dit de son enfance qu'elle fut « aventureuse », dans cette région un peu reculée de hautes montagnes, et que c'est dès cette époque que les fleurs de la poésie ont commencé à éclore. En sorte qu'elle a commencé à composer des poèmes dès l'adolescence, alors qu'elle n'était encore que lycéenne. Elle étudie actuellement l'économie à l'Université de Badakhshân et publie ses poèmes dans des revues ou sur les réseaux sociaux.

Maryam Sepehr

Née en 1989 à Mashhad, en Iran, où a vécu jusqu'à son adolescence, elle se rend en Afghanistan pour effectuer des études d'art à l'Université de Kaboul. Chanteuse, actrice, poétesse, elle n'a pu développer, comme elle l'aurait souhaité, l'art du chant en Afghanistan en raison des limitations imposées aux femmes en ce domaine. En 2020, elle se produit dans deux films, s'imposant progressivement comme une artiste engagée, qui parle de liberté, parfois d'érotisme, position intolérable aux yeux des Talibans. En juillet 2021, en raison de l'aggravation de la situation en Afghanistan et des menaces qui pèsent sur elle, elle se réfugie en France. Elle obtient une résidence d'artiste à la Comédie de Caen, et poursuit sa formation d'actrice et de chanteuse au Conservatoire.

Laylâ Serâhat Rowchani

Née en 1958 à Tchârikâr Parwân, elle a étudié la littérature à l'Université de Kaboul. Elle a ensuite enseigné la littérature dans le secondaire et contribué au journal *Mirman*. Elle a très tôt commencé à composer une œuvre poétique et elle a publié plusieurs recueils de poèmes, parmi lesquels : *Tolû'-é sabz* (« L'aube verte »), paru à Kaboul en 1990 ; *Tadâvom-é faryâd* (« La pérennité du cri »), paru à Kaboul en 1995 ; *Az sanghâ va âyenahâ* (« Des pierres et des miroirs »). Elle a quitté son pays natal après la prise du pouvoir par les Talibans pour s'installer aux Pays-Bas, où elle est décédée en 2004.

Tayyeba Soheylâ

Née en 1948 à Kaboul, elle est décédée en 2017 au Danemark. Après des études de littérature, elle est devenue professeure de langues et littérature, puis journaliste et écrivaine, spécialiste de la condition des femmes et des enfants. Elle fut contrainte de quitter l'Afghanistan en 1996. Après un passage à Peshawar, où elle travailla en particulier pour la BBC (dans la section des programmes pour la jeunesse), elle finit par s'installer au Danemark où elle enseignait le persan aux enfants exilés. Elle a publié plusieurs recueils de poésie : *Âb o âyena* (« L'eau et le miroir »), *Gol-é sokût* (« La fleur du silence »), *Sedây-é dard* (« La voix de la douleur ») et *Dar fâsela-yé do noqta* (« L'espace entre deux points »). Elle a aussi publié en danois un livre sur la route de la soie dans lequel elle décrit les beautés de l'Afghanistan.

Sedâ Soltâni

Elle est née à Balkh en 1987. Après avoir suivi l'école primaire en Iran, elle est retournée en Afghnistan, à Mazâré Charif, pour y achever ses études secondaires. Elle a dû interrompre ses études de médecine pour s'exiler en Allemagne. Elle vit actuellement à Berlin où elle est infirmière en hôpital psychiatrique et étudie en parallèle la psychologie. À ce jour, elle a publié trois recueils de poésie : deux à Kaboul et le troisième à Berlin, en allemand et en anglais.

Ziâgol Soltâni

Née en 1957 à Hérat, Ziâgol Soltâni a étudié les mathématiques et la physique, matières qu'elle a enseignées dans sa ville natale, puis en Iran où elle s'est exilée en 1981. En 2000, elle était membre de la Ligue islamique des femmes afghanes et rédactrice en chef de leur revue, *Mo'menât* (« Femmes de foi »).

Homâ Tarzi

Elle est née à Kaboul en 1951. Elle a commencé à publier de la poésie dès l'âge de dix-huit ans. Homâ Tarzi a étudié la littérature persane à l'Université de Kaboul puis elle a entrepris une thèse de doctorat en Iran, thèse qu'elle n'a pas pu achever ayant dû quitter l'Iran après la Révolution islamique de 1979. Elle a émigré aux États-Unis où elle est devenue créatrice de mode, collaborant avec de grandes maisons. Elle est l'une des premières poétesses afghanes à écrire en vers blancs et dans le style « nouvelle poésie ». Elle a continué à publier aux États-Unis : neuf livres de poésie, dont trois sont illustrés par ses propres dessins. On peut suivre son travail sur son site personnel : www.homatarzi.com.

Châyesta Vahdat

Née à Kaboul dans les années 1950, Châyesta Vahdat s'est exilée à Hambourg. Nous ne disposons malheureusement d'aucun autre renseignement sur elle.

Sorayâ Vâhedi

Née en 1962 à Kaboul, Sorayâ Vâhedi a fait des études d'institutrice. En parallèle elle est entrée dans l'association des écrivains afghans comme écrivaine de littérature jeunesse et a remporté plusieurs prix littéraires dans son pays. Elle vit aujourd'hui en exil aux Pays-Bas. Son premier recueil de poésie est paru en Afghanistan en 1988 sous le titre *Milâd bâ bahârân* (« Naître avec le printemps »). Elle a également fait paraître un deuxième recueil, aux États-Unis en 1996 : *Chahâdat-é Chab* (« Le martyre du ciel »).

Râhela Yâr

Elle est née en 1961 à Kaboul où elle a poursuivi des études supérieures en littérature. Son premier recueil de poésie de facture classique, *Javânahâ-yé sorûd* (« Bourgeons du poème ») est paru à Kaboul en 1991. La même année, elle quitte l'Afghanistan pour l'Allemagne où elle vit actuellement. Ses deux recueils parus en exil sont de facture plus contemporaine et s'intitulent *Daryâ tcherâ zé guari-ya-yé mâ dam namizanad* (« Pourquoi la mer ne dit rien de nos pleurs ? ») et *Az talkhi-yé tarâna* (« Amertume du chant »).

Ferechta Ziyâyi

Ferechta Ziyâyi est une poétesse bilingue qui est née au sein d'une famille afghane d'origine ouzbèque. Elle est poétesse, journaliste et activiste des droits des femmes.

Références bibliographiques

Che'ré zanân-é Afghânestân (« Anthologie des femmes poètes d'Afghanistan »), poèmes réunis par Massoud Mirshahi, Paris, Khavaran, 2000.

Nâdiâ Anjuman, *Gol-é Dûdi* (« Fleur rouge sombre »), Kaboul, Anjoman-é qalam-é Afghânestân, 2006.

Laylâ Serâhat Rowchani, *Az sang o âyanahâ* (« Des pierre et des miroirs »), Peshawar, 1991.

Khâleda Niyâzi (Lahib), *Khâk, kharman, khâkestar* (« Terre, meule et cendres »), Francfort, 1999

Az *hamicha tâ hanûz* (« Depuis toujours jusqu'à encore »), Berlin, Gardoon Verlag, 2006.

Khâleda Forûgh, *'Obûr az qarn-é Qâbil* (« Traversée du siècle de Caïn »), Peshawar, 2000 (nicc@pes.comsats.net.pk)

Sarnevecht-é dasthâ-yé nasl-é fânûs (« Le destin de la génération des lanternes »), Peshawar, 2000 (nicc@pes.comsats.net.pk)

Sorayâ Vâhedi, *Milâd bâ Bahârân* (« Naître avec le printemps »), Kaboul, Association des écrivains afghans, 1988.

Remerciements

Je remercie vivement avant tout Massoud Mirshahi qui a rassemblé et fait publier, aux éditions Khavaran, *L'Anthologie des femmes poètes d'Afghanistan* et grâce à qui j'ai découvert cette poésie. J'ai aussi une pensée de reconnaissance et d'amitié pour le regretté fondateur des éditions Khavaran, Bahman Amini qui a beaucoup œuvré pour faire connaître la littérature persane d'Afghanistan.

Mes remerciements vont aussi à Atiq Rahimi qui m'a fait découvrir d'autres poétesses encore et mis à ma disposition les recueils de poésie qui lui avaient été envoyés dédicacés par quelques-unes des grandes figures de la création poétique afghane. Merci aussi à lui pour m'avoir encouragée à me lancer dans cette traduction, de m'avoir initiée à la musique incomparable du persan d'Afghanistan, d'avoir été mon guide pour mieux comprendre ce pays à travers son œuvre.

Je voudrais aussi exprimer toute ma reconnaissance envers ma collègue et amie Belgheis Jafari, elle-même professeure de langue et littérature persanes réfugiée à Paris, pour tous les textes plus récents qu'elle m'a fait connaître et les biographies qu'elle m'a généreusement communiquées, pour toutes nos conversations sur cette poésie, sur les femmes de son pays, sur le peuple Hazara, pour la manière dont elle fait chanter notre langue commune, le persan.

Un grand merci aussi à Bruno Doucey, infatigable explorateur des poésies d'ici et d'ailleurs qui a si généreusement et si spontanément accueilli la voix de ces femmes exilées loin de leur pays, dispersées de par le monde et qui ont pu être rassemblées dans l'espace du présent recueil et le temps d'un recueillement.

Leili Anvar

* * *

L'éditeur exprime également sa gratitude à celles et ceux qui ont apporté une contribution significative à la réalisation de cet ouvrage.

Merci à Faezeh Bekhnaveh-Haller, doctorante en littérature persane à l'Inalco et enseignante de langue, pour la saisie des textes en persan

Merci à Jean-Michel Fras, Ariane Lefauconnier et Clothilde Rougier pour leurs relectures attentives des traductions

Merci aux membres de La Presqu'île, association des amis des Éditions Bruno Doucey, pour l'aide apportée à la publication de ce livre

Merci enfin aux poétesses afghanes de cette anthologie, ou leurs ayants-droit, sans qui rien de tout cela n'aurait été possible.

Que leurs poèmes soient emportés dans l'espace et le temps comme le vent emporte le pollen des fleurs !

Table

3. Ô mon pays toujours en moi

4. Mille désirs avides

5. L'aube que nous attendons

Deuxième tirage

Cet ouvrage
a été achevé d'imprimer
en août 2022
pour le compte de Bruno Doucey
poète, éditeur de poètes
sur les presses
de l'imprimerie Factory B & M

Conception graphique
Dans les villes, Strasbourg

///

Dépôt légal : mai 2022

///

Imprimé en Espagne

Cet ouvrage est imprimé, pour l'intérieur,
sur papier Munken Print Cream 80 g des papeteries Arctic Paper,
dont les usines ont obtenu la certification environnementale ISO 14001
et opèrent conformément aux normes ECF et EMAS.